我的戀人

私の恋人、
異郷の友人

上田岳弘

王華懋——譯

目次

我的戀人

私の恋人

塔斯馬尼亞人雖然是人類的肖像，但是完全在五十年的時間裡，在來自歐洲的移民發動的一場滅絕戰爭中，他們消失了。

——H．G．威爾斯《世界大戰》第一章

（Google 翻譯）

根據兩年前死去的高橋陽平觀察，這場「滅絕戰爭」是發生在人類第二周旅程中的悲劇。發源於非洲大陸的人類行遍這顆行星的第一周旅程，世人稱為「偉大的旅程」。換言之，根據他所標榜的「人類盡頭之旅」說法，人類在走到終點之後，仍繼續行旅不輟。

不過終點並不只有一個。即使填滿了眼前剩餘的一格，其他方向或許還有空白。比方說東方盡頭處，它的南方，或是北方呢？你們人類基於本能，就是會想填滿所有的空白，因此在各地留下定居群體的同時，除非將其他的盡頭處網羅殆盡，否則絕不會停止漂泊。沿著外圍，插滿大小旗幟後，會稍事休息，但是很快地，又會搬出其他規則，再次踏上旅程。在第二周旅程的終點之一，人類投下了兩顆原子彈，這也是高橋陽平的說法。這讓勇往直前進行第二周旅程的人類不得不承認，旅程又結束了。

*

對我——正確地說，是對第一個我來說，高橋陽平所想的事，全是自明之理。我從約十萬年前就大概都知道了，他過世之前所採取的行動，嗯，也全在意料之中。

順帶一提，第一個我預料到核子動力，也是遠古以前的事了。從史實來看，將物質變換為能量的現象，稱謂五花八門，不一而足。「神之火」、「人工太陽」、「上帝之鎚」，似乎也有人考量對後世的影響，稱其為「詛咒」。對於它可能成為你們人類「此路不通」的路標一事，我原本就十分關心。

物質即是力量，力量亦是物質。你們人類發現眾多原理，競相證明。

然後理所當然地，將這些原理應用在排行孰優孰劣、誰是征服者、誰是被征服者上。害怕這些序列隨時都有可能翻轉，為了以奪得頭籌為傲，或是占盡先行優勢，人類成為冥頑不靈的守門人，努力勝出。

*

我的戀人，不輕易讓人看出她的為人。她並不內向，也不在乎他人眼光。她與眾不同，言行難以捉摸。我的戀人怎麼個特別法？這就類似於我能夠列舉某個元素的特徵，卻無法說明它為何存在於世上。

我的戀人由於她所散發出來的氣質，原本被稱為「純少女」。雖然這個稱呼後來變成了「鐵娘子」，甚至變節為「墮落之女」，但總之在一開始，我的戀人就如同她的外號，基於少女般的心性處世。比方說，「純少女」為世間的不公不義而心痛。純少女與生具來傑出的肉體與頭腦，在優渥的環境成長，從未經歷何為心餘力絀。謙卑自牧的純少女，開始全心全意尋找能為他人付出的貢獻。對純少女而言，自己以外的人，都同樣地愚蠢、善良、能幹，並且無能，就如同自天空俯瞰地表，建造物的高低差異微乎其微。因此對純少女來說，出身造成的貧窮等不公平，她怎麼樣都無法理解。

我的戀人就如同世人對「純少女」這個外號的美好想像化身，展開慈善活動。純少女拜訪了幾個貧窮地區和戰亂地區，為飢餓和被榨取的慘況深受震撼，她利用她美麗的外表，引起世人關注，試圖將社會引導至她理想的方向：境況悲慘的人不會再遭受更進一步摧殘的世界、至少是人們不遺餘力投入救濟的世界。純少女的努力，或多或少應該加快了讓不公平的世界變得更公平的趨勢。

純少女是在何時不再被稱為純少女的？我的戀人印象模糊。自覺天生麗質、聰慧過人的我的戀人，原本相信只要付出真摯的情感，就能在遼闊的世界撒下渺小的慈悲種子。不，自己能做到的就只有這樣了。然後，自己的人生就像是為了延續這微小但美好的事物而添加的小小柴薪。長年以來，我的戀人應該是如此深信不疑，然而她發現不知何時，她再也不做此想了，「真的是這樣嗎？」我的戀人興起了質疑。

我的戀人開始公然否定「純少女」的意義。「我這樣的美少女為世界的不幸哀悼的姿態，是毫無用處的形式美」、「放棄努力、只會祈禱的你們，低能到無可救藥」，種種發言，對「純少女」的支持者來說是莫大的屈辱，我的戀人有時也會唾罵她的追隨者，不折不扣的唾罵。

不知不覺間，我的戀人開始被稱為「鐵娘子」。即便是慈善活動，亦需要推動世界的力量。鐵娘子為了強化財富與權力的後盾，長袖善舞。她打出明快動人的口號，把它們和個別的支援計畫連結在一起。為了得到權貴顯要或有力組織的協助，她利用大眾的支持來施壓，並暗示手中的把柄來說服。與「純少女」時無法相比的巨額財富挹注到鐵娘子手中，讓不公平的世界變得公平的趨勢又加速了一丁點。然而若問鐵娘子是否得到了能夠滿足的成果，答案是否定的。個人的力量有限，她無法見證過程直到最後。譬如說，為了救助垂死的孩童而分配糧食，那麼糧食送到亟需食物的人手中了嗎？倒也未必，許多時候，沒有半個孩童得以糊口。我的戀人伸出的援手被一堵透明具彈性的牆壁柔軟地反彈，碰到的似乎總是差目標那麼一點。

就如同鐵娘子所想的，我也認為即便如此，仍比袖手旁觀要來得好太多。她成為將富裕之地的餘裕分配至貧窮地區的媒介。毫無疑問，肯定朝公平的世界稍微邁進了一些。然而愈是持續活動，失望愈是累積，這剝奪了鐵娘子的幹勁。

有一回，鐵娘子在白日夢之中看到了一名孩童。那是個連名字都不知道的男孩，五官、膚色、身材，所有的一切都歷歷在目。她發現那是她還是「純少女」時行經的村落裡，以彷彿劈開飛揚塵土的眼神虎睨她的男孩。明明從未在近處交談，我的戀人卻連那孩子的表皮肌理都記得一清二楚。只因不幸出生在貧窮的環境，那孩子骨瘦如柴，那雙尖銳而卑賤的眼睛，和鐵娘子所知道的某個殘暴的當權者一模一樣。當時，我的戀人確實萌生了這樣的想法：倘若因緣際會，這孩子將來獲得了權力，是不是會以卑劣的手段嚴加統治人民，在世上散播自私與邪惡？

鐵娘子拚命打消這個妄想。居然認定一個素不相識的孩童是邪惡的，自己是否只是在以拐彎抹角的形式，試圖逃避挫敗感？一切都是疲倦和自責害的。然而，我的戀人再次質疑：「真的是這樣嗎？」最終，她拋棄了「鐵娘子」的身分。

*

這個「純少女」，也是「鐵娘子」和「墮落之女」的女子，是閉關在洞窟裡的第一個我所幻想出來的人物。同時也是第二個我，海因里希·克普勒在牢獄單人房中朝思慕想的情人。但不管是第一個我還是海因里希·

克普勒，一直到死前，都不曾邂逅這樣的女子。

第三個我，井上由祐生活的這個時代，世界大致上就如同第一個我所預想的。你們人類視為直系祖先的克羅馬儂人的我想像未來，是距今約十萬年前的事，因此連我自己都覺得精準無比。儘管有許多細微的差異，但現今的世界，與我在閒得發慌時所做的想像，根本上極為相近。比方說，我甚至預見到現在井上由祐日復一日敲打鍵盤被稱為電腦的這玩意兒。

第一個我所想像的，是將物理反應和語言結合，透過控制其反應來高速處理資訊的方法。實際上在世界登場的范紐曼型架構的電腦，是透過半導體通電狀態的 ON／OFF 為基礎組合，甚至可以呈現語言和圖像。第一個我以「控制反應，藉此和大自然溝通」為題寫下的文字旁，附上了一幅插圖，是坐在木箱前的人類，大大的頭被箱中伸出來的觸手所纏繞。換言之，第一個我認為，井上由祐所使用的透過鍵盤的輸入，完全只不過是過渡階段。

不過這構想實在過於前衛，就連在第二個我的時代，世上都僅有幾臺體積笨重、處理能力卻陽春得可憐的電算機而已。那是以西曆來說，一九四〇年代的事。當時已跨入三十大關的第二個我海因里希・克普勒，是出生在柏林的德國猶太人。海因里希・克普勒出生的時候還沒有納粹，但是在他的青年時期，歷經合法政治鬥爭而誕生的政黨掌握了國家實權。演說高手的黨魁向來的思想精髓——種族主義，成了脫韁之馬，海因里希・克普勒所屬的猶太人全面成為仇外情緒的箭靶。

至於海因里希・克普勒本人，不管是在汽車組裝工廠上班時、被闖入工廠的蓋世太保逮捕時，或是在運送的火車上搖晃時，他總是心不在焉，同時思考著許多事。雖然是第二個了，但我畢竟是我，海因里希・克普勒也有著逃避現實的習癖。在擠得水洩不通的火車裡，海因里希・克普勒想著成績不夠好而無法升上文理中學的過往，想著青春期暗戀的紅髮女孩，想著逃亡去荷蘭的未婚妻等等，接著毫無脈絡地想到原始時代的生活。狩獵動物，採集果實，在凍寒中生火，也就是第一個我所屬的克羅馬儂人的聚落風景。

軌道磨擦聲響起，和愁雲慘霧的眾人一起站在車廂裡的不快忽然湧上心頭。為了從隨著時間愈來愈濃烈的穢物惡臭轉移注意力，海因里希．克普勒想起第一個我聞到的克羅馬儂人的垃圾堆臭味，心想或許比那要像話一些。即使如此，仍無法打消呼吸惡濁空氣的痛苦，因此海因里希．克普勒這次朝截然相反的方向逃避現實，也就是想起描繪在敘利亞的洞窟各處、比井上由祐出生半世紀後更遙遠的未來世界的文字和圖樣。比方說想起消除在車廂內推推搡搡的男女老幼礙事肉體的境界、讓精神與肉體渾然一體的技術，心想如此一來，就再也沒有像這樣緊貼在一起造成的不快感了。就在海因里希．克普勒神遊太虛之際，火車花了半天時間，抵達了達豪市利用廢棄工廠蓋成的集中營。

只要有人，自然就會形成社會。即便是集中營，亦不例外。意外的是，海因里希・克普勒在猶太人的社群中，成了同胞所仰賴的對象。猶太人囚犯漸漸悟出，這處設施的終極目的是滅絕他們，因此不管再怎麼努力工作，都無望重獲自由。至於比任何人都更早認命的海因里希・克普勒，嚴格地說，他並非悟出，而是早就知道。由於猶太人身分而遭到逮捕、移送、收容的這一連串狀況，符合第一個我在洞窟牆上所描繪的大屠殺類型。集中營裡的海因里希・克普勒更加迷失了現實感，陷入一種古怪的錯覺，好似成了閉關在洞窟裡的第一個我的浩瀚思考中登場的角色、活在自十萬年前便已預見的未來發展中。海因里希・克普勒的這種態度，在絕望崩潰的猶太人們眼中，就宛如超凡入聖。

海因里希・克普勒最後死在集中營的單人房裡。第二個我是遭到禁閉，故意餓死的。這殺雞儆猴之舉，應該是為了讓多國籍的達豪集中營囚犯了解到，猶太人才是最等而下之的。德國猶太人在猶太人族群中占多數，是容易親近囚犯種族金字塔頂端的日耳曼人政治犯。因此對擁有德國國籍的猶太人海因里希．克普勒處以餓死的刑罰，可以讓整個集中營認識到「猶太人不是德國人，是應該要被滅絕的劣等生物」。所長西奧多．艾克等統治高層經常用這種手法維持管理，在嚴禁守衛私下虐待囚犯的同時，又可隨時命令他們執行殘忍的任務。

除此之外，對於集中營的管理階層來說，當時的我應該也是個燙手山芋。第二個我以驚人的準確度，預見了達豪這些納粹德國集中營後來的發展。不，正確地說，這並非海因里希．克普勒一個人的力量，而是由於第一個我的先見之明。克羅馬儂人的我預期未來必定會發生這樣的大屠殺，並且早在十萬年前便想到以氣體或液體來執行屠殺，更有效率。海因里希．克普勒對他從未踏入的所謂「淋浴間」心存懷疑。他甚至輕率地呼籲眾人小心：「最好不要進去那個房間。」

結果第二個我死於和第一個我相同的年齡，三十四歲。

*

第三個我井上由祐，在二〇一四年的生日突破了三十四歲的障壁。雖然我覺得只是巧合，但第一個我和海因里希・克普勒都在三十四歲死去。年滿三十五歲的井上由祐，因此有了一股奇妙的義務感。井上由祐踩在我前兩段人生未能走到的點上，因此是否必須達成過去的我未能成就的志業？

比較至今的三個我，無庸置疑，第一個我聰明絕頂，就像降生在當時全是原始人的這顆星球上的突變種——不，那反倒是如同外星人的非凡。

第一個我，在現在的敘利亞阿拉伯共和國靠近地中海與土耳其的國境附近的洞窟牆上，揮霍餘暇，寫下腦中浮現的各種景象和想法。遺憾的是，這個洞窟尚未被你們人類發現，海因里希・克普勒和井上由祐甚至都不曾拜訪過敘利亞。我知道地球是圓的，也知道地球周長約四萬公里。當時當然還沒有公制測量系統，因此我以自己發明的單位來掌握，在洞壁寫上「一周二三〇〇萬阿穆的星星」。阿穆是我所屬的群體使用的音節，意思是「我」。換言之，是我身高的二三〇〇萬倍＝四萬公里。

若要再舉其他例子，想到電腦的概念時，我也已經一併想到了網路。只要個人將精神活動書寫下來，就能變換為數位資訊，一旦傳送上網，就宛如從地上看月亮一般，立刻可以讓所有的人看見。當時除了我以外的人，不管是尼安德塔人還是克羅馬儂人，都忙著過原始人的生活，因此當時的人無從想像這些，也沒有必要想像。

但我卻想像了伸手不及的遙遠未來。然後不知不覺間，我開始精細入微地想像一名生活在未來世界的女子。歷經無數的歲月而越趨複雜的人類社會，居住在這種未來想像中的瑰麗女子。以其身堅強地克服種種考驗，令人無比愛憐的我的戀人。

＊

我的戀人是「純少女」和「鐵娘子」時，在世人眼中，基本上是個正派人物。因此當我的戀人徹底拋棄過去的助人義舉，加入鎮日耽溺於咒術和祈禱的團體時，所有的人都無法理解。連家人和追隨者都認定無藥可救的我的戀人，不知不覺間被人稱為「墮落之女」。

「墮落之女」沿著山脊翻山越嶺，進入咒術師所支配的森林，卻被膚色不同的土著視為禁忌，囚禁在阿摩尼亞味令人欲嘔的洞窟裡。這座天然牢籠裡還有許多囚犯，平日便被灌食具幻覺作用的藥草，淪為咒術師的占卜工具。墮落之女被藥物成癮形同廢人的男人們輪姦。一開始她光是聞到對方的體臭就全身起雞皮疙瘩，噁心欲吐，然而與廢人們交媾、和他們同化，卻不知為何讓她胸口深處滋長出倒錯的快感。

淪為墮落之女卻美麗如昔的我的戀人，對於自牢外偷溜進來的人，也一視同仁地接納。不問男女，她對所有的人獻出肉體，交媾對象的數目超越百人之譜。充斥洞窟的惡臭、隔著髒汙的毛織品磨擦背部凹凸不平地面觸感，或四肢跪地時膝蓋的疼痛。後來我的戀人能夠想起的情景大概都是這些，她不記得個別的對象。

墮落之女在充塞著腐敗體液氣味的祕境，全心全意詛咒著身為理性生物的自己，在歡愉與痛苦的境界中日漸腐爛。然而，變化仍造訪了她這樣的心境。某一次，總共八名囚犯圍圈而坐，咒術師發配藥湯給眾人的時候，其中一只碗下了毒，咒術師將依據坐在八個方位的囚犯被毒死的是誰，來進行占卜。八人同時喝下藥湯，坐在左邊男子的頭立刻往前傾倒，一命嗚呼。這時，我的戀人察覺這場占卜並非偶然，而是咒術師刻意為之的騙局。她並沒有確鑿的證據，但咒術師細微的表情變化，讓她看出這個人無意殺她。

儘管淪為敏銳而純粹的感覺器官，無止盡地墮落，認定這條命何時抹滅都無所謂，這時墮落之女的腦中浮現的，卻是形諸言詞極盡單純的疑問：

「真的是這樣嗎？」

理所當然，我的戀人也無法再繼續身為「墮落之女」了。

＊

在我天馬行空妄想的同時，我所屬的族群逐漸發展出用來傳承生存技術的傳說。比方說，現在已經滅絕的牛科「拉干巴」與人類冷戰了數個世代，一看到拉干巴，就必須躲起來不被發現，或是絕不能踏入太陽沉沒的山谷，是這類傳說。

我經常閉關在裡面的洞窟，就位於族人認為絕不能靠近的西谷。部落的年長者多半害怕觸犯禁忌，但對於追求刺激的孩童而言，規矩就是用來打破的。但孩子們也只要滑下斜坡就滿足了，谷底單調乏味，不是個有趣的遊樂場。如今回想，特地立下這個規矩的先人，或許是知道這座山谷的對岸有尼安德塔人的聚落，害怕兩者狹路相逢。

位在谷間寬闊盆地的洞窟既安靜又安全，是獨自沉浸在幻想最理想的地點。克羅馬儂男子關心的只有獵物和女人，因此第一個我和這些原始人完全話不投機，而且處於你們人類發達初期階段的我的同胞們，發出的是連對話都稱不上的喃喃噥噥，實在教人受不了。第一個我由於徹底放棄與身邊的人對話，反而推波助瀾發揮更好的想像力，在腦中與虛構的對象談話交流。

第一個我極為享受與腦中的他者對話。競相做出更機智的發言，談話內容更加變化多端起來。譬如說，我們討論過稀鬆平常的遊戲。刻意擋到拉干巴前面，在拉干巴撞上來前一刻閃身躲開如何？不，拿冬季前結果、部落同胞愛吃的紅色果實互丟是不是更好玩？要讓互丟寶貴果實的遊戲成立，就必須增加更多果實才行。不，沒有果實的季節就不能玩這種遊戲，未免太窮酸了。為了隨時都有豐富的果實可以遊玩，需要保存果實使其不腐爛的方法，還是讓果實在想要的時候隨時結果？要怎麼樣才能做到？討論愈來愈深入，並進一步探討實現這些想法的技術。主張果實最好大家一起吃的掃興傢伙、跟不上「栽培」、「冷凍」等概念智力低劣的傢伙逐一掉隊，討論對象漸漸減少。思考不斷推進，很快甚至超越井上由祐生活年代的文明，抵達遙遠的未來。在井上由祐的時代，實用的議題有「如何處理任務結束的宗教」、「競爭中的公正與平等的不兼容（機會平等的崩壞等）」，但是再往前一步，就有愈來愈多井上由祐無法理解的概念了。

為了讓思考往前推進，第一個我創造文字，將思考的過程寫在洞窟牆上。我的文字是由模仿「物體」的符號，和帶有抽象概念的符號組合而成，會意式地發展象形及表意文字的這套文字，是幾乎沒有表音要素的獨門體系。因此這套文字除了我以外，他人難以解讀，也有許多文字早已從第三個我井上由祐的記憶脫落。結果第一個我，似乎是我之中最為孤獨的一個。

我的戀人從「純少女」變成「鐵娘子」，並脫離接下來的「墮落之女」的過程，也被第一個我以獨自的語言記錄在洞窟牆上。對她的造形近乎執拗的精細描寫，連井上由祐都有些吃不消。我的戀人做為個體，必須擁有壓倒性的能力，並且負荷不了那能力，持續漂泊。第一個我放棄在有生之年邂逅她，或許是無可厚非之事，但設定縝密到了這種程度，即便對第三個我井上由祐來說，要找到條件吻合的女子，亦難如登天。事實上，井上由祐都已步入三十，卻仍未找尋到能符合描述的女子，已經準備放棄，接受這輩子也無緣覓得夢中人了。

不過，有時過度縝密的條件也有好的作用。像第二個我，就是因為埋首於第一個我所描繪的細節，才能從集中營淒慘的每一天轉移注意力。在餓死前一刻喪盡一切力氣和理智之前，海因里希・克普勒都在單人房的黑暗中看著我的戀人的幻影。那個身在既非「現在」也非「此處」的地方、擔心著我的溫柔的戀人。

只等著餓死的海因里希・克普勒儘管感受到肉體的痛苦，對於應該很快就要造訪的死亡，卻宛如事不關己。既然這是實際上第二段的人生，他不得不承認自己異於其他人類。到了這時，他才想起第一個我在洞窟牆上刻意寫下的「你們人類」等字句。第一個我完全料想不到會有第二段人生，但實際過著第二段人生，無法否定這件事的第二個我，想到了接下來第三段人生的可能性。乾脆把「人類」這個稱呼留給「你們」，「我們」以別的名稱來自稱，是不是更貼切？

尚未決定該如何稱呼才適合，第二段人生就結束了。這時，第三段人生初次突破三十五歲高牆的井上由祐，想要把稱呼改為「我們」。第一個我知識過高，身邊沒有任何人能夠理解。第一個我在十萬年前預知的世界局勢幾乎逐一成真，因此第二個我總覺得不太現實地過完了一生。井上由祐希望更社交、更享受人生一些，但「我們」還只有三個人而已，因此也想要珍惜這份團結感。

對你們人類來說，每一天肯定充滿了新鮮的驚奇。確實，僅有一回的人生教人心酸，但活在第三段人生的井上由祐該怎麼說？總覺得每天都欠缺精采。時代愈晚，新鮮事本來就愈少，而第一個我又是井上由祐望塵莫及的聰穎之人，他炫耀式地刻在洞窟上的預言幾乎無一落空，這更讓人感覺人生百無聊賴了。

因此只是突破三十五歲的障壁，井上由祐不起眼的日常生活也不會有什麼特別的新發展——原以為如此，沒想到出乎意料，最近出現了一個令人心動的女子。

井上由祐抓著前往新宿的西武新宿線電車吊環，看著凱洛琳・霍普金斯被後方陽光映照得閃閃發亮的肩上汗毛。凱洛琳・霍普金斯察覺他的視線，抬頭像在問：怎麼了？感覺說來話長，因此井上由祐說：我覺得我好像很久以前就認識妳了。

「井上，這話你以前就說過了。」凱洛琳・霍普金斯淡漠地說，目光再次回到手上的書。如果打趣地告訴她「妳可能是我十萬年前就愛上的真命天女」，會怎麼樣？雖然也想看看她厭煩的表情，但萬一真的惹她討厭就糟了，所以井上由祐沒有作聲。

出生於墨爾本世家的凱洛琳・霍普金斯，由於美麗聰慧，自小受到父母和哥哥的寵溺。小學和國中各別跳讀一年級，和哥哥同時進高中就讀。十六歲進入雪梨大學，取得環境學學位，接著升上研究所，但並未取得碩士學位就退學了。此後參加非營利組織團體，為人道救援活動奉獻己力，傑出的她在組織裡亦嶄露頭角。她所屬的非營利組織以自己的一套方法分析世界各地的飢餓及戰亂緊急度，列出具體工作進度表。工作進度表設定應該要達成的目標，並立定嚴密的執行項目。比方說，使戰亂地區猖獗的軍閥解體、凍結在背後開發生物兵器的研究機關預算等等，僅明示應該要達到的成果，而不問執行手段。行動與結果，這是團體的方針。凱洛琳・霍普金斯從二十歲起的八年間，比任何成員都「為大家」奉獻己力，做出成果。

她是在來到日本的三年前，離開那個她不惜從研究所退學而投入的人道救援非營利組織。當時身為活動家的凱洛琳・霍普金斯，在組織裡有條不紊地達成團體理事會訂下的執行項目。凱洛琳・霍普金斯所擅長的，是讓身居要津的人垮臺的策略。即使目標本身無懈可擊，周圍的人也不是每一個都完美無瑕，但仍找不到可趁之機時，凱洛琳・霍普金斯亦不惜利用自己的美色，陷害對方。可是不管做出再多成果，她就是感覺不到那些需要救濟的個人的痛苦、獲得解救的真實感。即使讓目標垮臺，感覺支配結構依然故我，就只是換人上位而已。比前任更糟糕的貨色接掌大位，應該已經凍結的預算繼續被拿去用在有害的用途上。凱洛琳・霍普金斯開始覺得自己的行動比在沙漠灑水更愚蠢，彷彿社會本身具有意志一般，如計畫按部就班、頑強地維持著一定的形狀。自己竭盡全力的乾坤一擲，對社會來說，是否就如同可以忽視的小小程式錯誤？

坐在井上由祐前方座位的凱洛琳・霍普金斯，抬起原本落在平裝版《世界大戰》的目光，確認下一站。那雙琥珀色的眼睛散發出來的剛毅，好似膽敢對她說句無聊話，立刻就會遭到反擊。她的外表看起來不像實際年齡的三十二歲，但也不像二十多歲或四十多歲。聽到她說三十二歲，也只能接受就是這個年紀，卻總覺得不像。

井上由祐在西武新宿站的車站大樓前和凱洛琳・霍普金斯道別，在歌舞伎町散步了一會兒。早上八點的新宿，感覺得到一股低沉隱微的脈動。到了中午，就會轉為人來人往的雜沓景象，但現在是那之前短暫的怠速時段。凱洛琳・霍普金斯參加例行聚會的期間，井上由祐必須找地方消磨時間。他在街上走來走去，最後進入靖國大道旁的星巴克。

凱洛琳・霍普金斯參加的，是反捕鯨團體的聚會。她所屬的東京分部，在每個月第三個星期六的這個時間舉辦定期會議，日本在關西好像還有另一個分部。聚會上都討論些什麼，井上由祐不知道，也不特別想問，但看了就知道，開完會的凱洛琳・霍普金斯總是雙頰潮紅，神情滿足。

反對捕鯨的凱洛琳・霍普金斯說，她是受到協助染上毒癮的她回歸社會的某個男性影響，不再區別人類與其他動物了。

「井上，等很久了嗎？」

散會後，看到井上由祐的簡訊找到店裡的凱洛琳・霍普金斯在對面坐下來，喝了口咖啡密斯朵。無須交談，也不覺得尷尬，最近只是待在凱洛琳・霍普金斯身邊，就有種空氣變得濃密、溫度上升了一些的親密感。

離開參加了八年的非營利組織前，凱洛琳·霍普金斯忽地心血來潮，追查她利用在佛羅里達飯店偷拍的照片和錄音，被迫去職的政治家後來的下場。那名政治家在預算審查上，提供方便給對政府進行內控的智庫。但內控只是名目，能夠取得政府管轄一切資訊的智庫實際上在做的，是向各領域具有支配影響力的企業提供資訊。凱洛琳·霍普金斯所屬的非營利組織認定該智庫就是促進財富集中的結構中心，試圖削弱它的力量。然而即使除掉供應預算的政治家，智庫也只是換了個名稱和所屬單位，仍繼續發揮其功能。辭去議員搬去新加坡的那名前政治家，利用在職期間的人脈管道，成立金融交易公司，變得比以前更富有了。他住在武吉知馬地區要價三千萬美金的豪宅，似乎很疼老婆，妻子要什麼都買給她，小孩就讀專收富人子弟的私立學校，和吃住的女傭也相處融洽，每星期給她一天休假。看到船過水無痕般過著平靜生活的前政治家一家人，凱洛琳·霍普金斯也沒有任何感慨。在回程的飛機上，她心想這是她這輩子第一次把時間浪費在如此沒意義的事情上。

結果，從新加坡回來幾星期後，凱洛琳．霍普金斯拒絕了對她極為賞識的非營利組織理事親自下達的下一個命令，痛罵他：「你這個偽善者！」在最後一次參加的會議上，她也指出成員的無能以及宛如間諜家家酒的活動有多荒謬，被當場趕出會議室。後來她一個人回到故鄉墨爾本，墮落到不能再墮落，這段過程與我在十萬年前所想像的我的戀人極為相似。

＊

或許除了我們以外，也有其他人是這樣的？這是井上由祐國二時興起的疑問。當時的井上由祐出於符合少年的好奇心，針對這件事做了許多調查，然後他得知有個叫伊恩．史蒂文森的人留下了關於「輪迴轉世」實例的著作，騎著自行車前往附近的市立圖書館。那本書提到了諸多例證，比方說泰國的某個村子，有一名幼童對家人傾訴「這裡不是我家」，細問之下，發現那孩子似乎擁有所謂的前世記憶。孩子說，他前世的名字叫恰姆拉特，在法塔農這座村子的祭典上遭到兩名男子殺害。前世是恰姆拉特、作證時名叫澎庫奇的那孩子，還記得殺死他的凶手名叫邦恩和麻爾，內容相當具體，所以是不是容易驗證真假？史蒂文森博士應該也躍躍欲試。井上由祐讀著讀著，激動萬分。伊恩・史蒂文森總共去了泰國五次，調查在祭典當天遇害的恰姆拉特及凶手邦恩及麻爾的事，然後他發現年幼的男童澎庫奇所說的，是真有其事。

既然如此，那不就證明了嗎！當時國二的井上由祐興奮極了，無論如何都想去見前世是恰姆拉特、今生是澎庫奇的轉生者。「嗨，澎庫奇，我叫井上由祐，前世是德國人，名叫海因里希・克普勒，被一個叫做阿道夫・希特勒的人……」井上由祐夢想著談論只有轉生者才有共鳴的內容。

伊恩・史蒂文森博士在八年前死去，所以見不到了，但澎庫奇・普洛姆辛還在世。當時自己只是個國二生，因此很難憑一己之意前往泰國，但現在井上由祐三十五歲了，只要想去，隨時可以動身。井上由祐累積了一堆年假，泰國的話，憑現在的存款，住上一年半載不是問題。然而不知為何，我就是裹足不前。

身為海因里希．克普勒時的我，也對自己是過去的某人的第二個、也就是某人的轉世一事，擁有明確的真實感。當然，我也在客觀上明白這是一般來說不可能的現象，也有段時期擔心自己可能患有某些精神疾病。因為和第三個我井上由祐不同，海因里希．克普勒是第一次經驗到轉世，而且前世還是十萬年前的原始人。海因里希．克普勒也想過，只要能找到我留在敘利亞那個洞窟的記述，就能得到自己確實是第一個我的轉世的物證。但是海因里希．克普勒從來沒有認真計畫前往中東。海因里希．克普勒說服自己，即使別人無法理解，只要相信自己的感受就夠了，終究不打算花時間和金錢去探索敘利亞的洞窟。

海因里希・克普勒在達豪集中營的歲月，幾乎都依偎著我在原始時代的想像度過。比方說，不知道第幾個我擁抱著在無盡遙遠的未來、人類的心性變得更加複雜的世界裡出現的我的戀人，問：

「為什麼妳想要保護那些聰明的生物？」

井上由祐和凱洛琳・霍普金斯之間，也有過恰好類似的場面。臺詞有若干不同，不是「生物」，而僅限於「鯨魚」。原始時代的我不知道「鯨魚」這種生物，因此在設想人類以外的高智慧生物時，無法想像巨大的水生生物，或高高地噴出水柱的動物。

對於我的問題，凱洛琳・霍普金斯以古怪的語調回應「相反」。重音不是放在「相」，而是「反」上了。「我倒是想問，有什麼必要非吃鯨魚不可？」

「我也不知道，吃牛或吃豬就可以嗎？」

「其實是不可以的呢。可是，不一個個去弄清楚，不是更糟糕嗎？因為離自己愈近的，會覺得愈可憐，對吧？比起龍蝦，雞更可憐，比起雞，豬更可憐，比起豬，鯨魚更可憐，比起鯨魚，井上更可憐。必須從近的地方慢慢擴大出去，把可憐擴大出去。」

「擴大的範圍只限於動物嗎？」

凱洛琳．霍普金斯做出彷彿我的戀人的發言，井上由祐忍不住追問。結果凱洛琳．霍普金斯就像視力突然惡化的高中生般瞇起了眼睛：「或許其實連蔬菜都不吃比較好。或許應該走到這一步，必須把中心擴大。」

這是兩人第一次單獨在歌舞伎町一家英國風酒吧碰面時的對話，是凱洛琳．霍普金斯指定這家店的。我是在去年年底認識她的，大學的朋友高橋和也介紹我們認識。寒窗多年，總算在三十五歲通過司法考試的高橋和也，當時經常主辦酒局。在一場大半參加者都是為了湊人頭而找來的尾牙上，井上由祐與凱洛琳．霍普金斯雖然不到一拍即合，但聊得頗為熱絡。

兩人發現彼此都住在西武新宿線的野方站附近，相約下次一起吃飯。酒局上雖然聽說凱洛琳．霍普金斯在從事某種類似社團活動的事，不過一直到約在站前、一起前往新宿酒吧的路上，井上由祐才得知那是反捕鯨活動。

剛開始營業的店內沒有其他客人。晚上七點前的兩小時是歡樂時光，調酒類全面半價。井上由祐和凱洛琳．霍普金斯各點了特大杯的琴通寧和黑醋栗蘇打，另點了炸魚、薯條和義大利馬鈴薯麵疙瘩下酒。凱洛琳．霍普金斯才剛做出「為了擴大可憐的範圍，應該極力不吃」的發言，卻滿不在乎地吃炸魚、吃綠色麵疙瘩、吃薯條。井上由祐看著大快朵頤的凱洛琳．霍普金斯，心想：她的牙齒好漂亮。當時他還不知道她的牙齒幾乎全是假牙。

後來井上由祐聽凱洛琳．霍普金本人說，一年前來到日本時，她的牙齒由於毒癮造成的遠因，滿口蛀牙，又黑又爛。現在門牙全部是假牙，臼齒則套上陶瓷牙套，因此看起來很美。她說她在美容牙科花了很多錢，但過世的祖母留給她的信託財產尚未見底，只要不揮霍，光靠放在長期投資上的利息就足以生活。

年過三十的男女第一次吃飯，居然挑 HUB 酒吧的歡樂時光，我覺得有點那個耶——井上由祐本想這麼打趣，但又覺得這種觀念或許很日本人、感性落伍，所以沒有說出口。井上由祐連來自澳洲的凱洛琳．霍普金斯對什麼感興趣都不知道。井上由祐尋找話題，說出自己平凡無奇的身世。當然，遵循著和你們人類交談時的禮節，沒有談到「我們」。

凱洛琳．霍普金斯專注地聆聽限定於井上由祐這段人生的我的事，有些西洋人式地誇大反應：「這樣嗎？」「真的喔？」「井上先生！」她特別想知道井上由祐生長的港鎮的事。現在那裡成為神戶及大阪上班族的居住市鎮，雖然也有以漁業為生的人家，但比例非常少。近年來規劃了海水浴場，種上不知名的南國風樹木。宛如大水灘的平靜海面上，跨著一座巨大的吊橋。

「會捕鯨嗎？」凱洛琳．霍普金斯唐突地問。

「捕鯨？不會啦。」井上由祐回應，但其實他不知道那裡的漁夫都抓些什麼魚。

接著，這次換凱洛琳．霍普金斯談到自己了。她的日語完全足以溝通，但稱不上流利，也許是因為這樣，那爽脆的口吻和聽起來偏激的內容，直接打入了井上由祐的心胸。——我從小就是最美麗、最優秀的。不只是哥哥，每個人都喜歡我。我為了讓大家變得更好而努力。可是在全球規模上，社會結構就是錯誤的，無可奈何。所以我一度死心，過著極為墮落的生活。然後……

「然後我繞了地球一圈，來到了盡頭的日本。」

凱洛琳．霍普金斯說得非常粗略，但這時井上由祐有了一股幽微的期待，那是還非常淡薄的情緒，卻是他第一次如此心蕩神馳。井上由祐瞥著店內播放的足球賽轉播，聆聽凱洛琳・霍普金斯的身世——維持著初識的禮貌，並表現出內斂的好感。

*

在二〇一一年至二〇一二年的澳洲第二大城市墨爾本的一隅，凱洛琳・霍普金斯是無人不知，無人不曉。二十七歲的凱洛琳・霍普金斯把在那個國家也極為罕見的美麗金髮染成了火紅色，由於毫不修剪，任其生長，那頭紅髮糾結在一起，幾乎成了雷鬼頭。即使如此，仍不致蹧蹋了她與生俱來的美貌，無數男子親近追求她。當地男人所具備的性衝動，是身為統計上性交頻率偏低的日本人當中也算是清心寡欲的井上由祐瞠乎其後的。

夜店林立的一區，紅髮的凱洛琳・霍普金斯一手抓著海尼根酒瓶，在深夜的鬧區遊蕩。這是她開始墮落的第一個夜晚。她被十七至二十四歲的一群男人搭訕，跟著進入舞廳。這些男人在流連此地的年輕人當中，屬於金字塔底層的一群，但因為擁有了凱洛琳．霍普金斯，不論好壞，他們都成了矚目的焦點。**那群孬種帶著女人**。

在噪音音樂震耳欲聾的舞廳角落，男人們圍著凱洛琳．霍普金斯，臉挨在一塊兒說話。即使是底層團體，內部似乎仍有高低序列之分。被稱為極寒王子、嗓門特別大的男人似乎是老大，但感覺不被其他人放在眼裡，反倒是叫季辛吉七的男人似乎更具影響力。季辛吉七一開口，其他人都會安靜下來。但是據凱洛琳．霍普金斯的說法，「全是一群雜碎」，他們說了些什麼，她根本不記得。結果那一帶的年輕男人當中，沒睡到凱洛琳．霍普金斯的，就只有一開始向她搭訕的那夥人而已。這天他們很快就被另一群人找碴，但也沒有發展成鬥毆，丟下凱洛琳．霍普金斯，摸摸鼻子走人了。

奪走凱洛琳．霍普金斯的一夥人，把她帶到小弟家裡。接下來的兩星期，凱洛琳．霍普金斯和那夥人的每一個都睡了。她和男人們聊不起來，有時也會為他們的暴力感到恐懼，但脫離非營利組織後仍無法甩開的煩躁漸漸淡去，讓她覺得爽快。離開那處聚集點後，她又再次提著海尼根酒瓶漫步街道。她在夜店又被另一群男人搭訕，結果在下一個停留點嘗到了海洛因的滋味。

奇妙的是，男人們多半是一群人聚在一起，而非獨來獨狂。凱洛琳．霍普金斯覺得這是一種類似團體狩獵的行動。不只是這條街，在全世界，男人們都為了盡可能往上爬而成群結黨，努力贏過另一群人，並在圈子裡搞上下尊卑。在這樣的鬥爭當中，獵物總是落入強者手中，遭到捕食的一方沒有挑剔的餘地。凱洛琳．霍普金斯回想起過去身為千金小姐以及身為活動家所飽嘗的徒勞，喟嘆不已。

地球朝著理想的方向改變，這是那個非營利組織奉為圭臬的綱領。現在比一百年前更好、一百年前比五百年前更好、五百年前比一萬年前更好，即使偶有震盪，但總的來說，世界正在變好。只要因具備知識而注定要進步的人類平衡發展科學技術及人道概念，有朝一日，必定能實現人們一切的願望。個人自由受到尊重，三日以內就能去到地球上絕大多數的地方，總人口也增加了。這些美好的變化，愈早實現愈好。換句話說，那個非營利組織的活動，目的是更進一步加快人類合理發展的進度，想要在自己有生之年，親眼見證更美好的變化。

但凱洛琳·霍普金斯跟不上非營利組織高舉的理念了，時代愈進步，人類看起來愈自由平等，但根本的生存艱難、差異鴻溝，是不是其實只是愈來愈深？我們的活動揭開了這些令人不快的真相，卻又無法提出解決，讓善良的人們一籌莫展。強者高居九重之上支配世界的力量，如今已超越國境，開始浮游。弱者遲早會被推入更底層的地方，混濁的沉澱物更進一步受到壓縮。貧民往後仍會受到更嚴苛的規則所拘束，飽受踐踏。根據以自由競爭為基礎的現今規則，對社會發展有益的事物會被優先，要維持心靈平靜地過活，就只能對遭到封鎖的弱者視而不見，或至少要對他者的不幸偽裝闊達。比第三世界更貧窮的第四世界，隨時都可能發生的爆炸性衝突與恐攻，在這些地方不停作響的錯誤嗶嗶聲。

唐突地，她想起了某個賭博成癮的作家，凱洛琳．霍普金斯在求學時代，很喜歡那名作家的小說。那名俄國作家甚至預借稿費，仍執意要賭博。為何寫出那般精妙小說的人，會沉迷於賭博這種行為？淪為被男人們狩獵的獵物、曝露於弱肉強食之中，凱洛琳．霍普金斯這才感覺明白了作家的心境。賭博一定也呈現出人類社會的力學縮影，個人謀略和命運的交手，統計的或然率、有限的資金，即使能洞悉正確的趨勢，只要在一次輸贏中落敗，就個人而言，依然是輸了。

在墨爾本夜晚街道過著放蕩生活的凱洛琳．霍普金斯，似乎就思考著這些事。

*

相對於凱洛琳・霍普金斯在墨爾本自發性地投入搶奪性交權的競爭漩渦，第二個我則是身不由己地被捲入了基於種族主義的適者生存競爭中。要殺死誰？讓誰活下來？身為社會性動物的你們人類不論有意或無意，總是變換各種形式，反覆上演著這種鬥爭。

就如同凱洛琳・霍普金斯對井上由祐說的，殺害的對象愈接近人類，你們人類愈覺得「可憐」，這是你們的天性。即使捏死小蟲麻木無感，殺貓卻會讓你們感覺「好可憐」。殺害人類的情況，則不只是「可憐」，而會萌生觸犯禁忌的畏懼。有鑑於你們人類這樣的習性，納粹德國在初期採用的虐殺手法，對於下手的人來說，應是難以承受的暴行。讓猶太人排成一排逐一槍決，並將屍體堆疊在預先挖好的大坑裡。即使槍決比刀殺更輕鬆一些，堆疊屍體卻不是個好主意。若是開始想方設法節省空間精密排列，就真的糟糕透頂了。眼前有大量的屍體，而且下手殺害的是自己，在已經成山的屍山上再堆上一具，思考如何擺放手腳，調整位置，面對這種狀況，你們人類幾乎不可能無動於衷。

縱然是精挑細選的勇敢軍人，持續從事這樣的工作，精神也會出問題，需要替換的人員。能承受到何種地步，人各不同，有些精神有某些疾病的人可以滿不在乎，但當然那是極少數派。執行大屠殺，需要對祖國的熱愛，以及以愛國情操為軸心的輕度政治洗腦，藉此營造出能順暢從事此項作業的環境。必須下工夫讓執行者遠離製造死亡的真實感，讓他們只會萌生出一般人亦能承受的程度的「可憐」情感。

殺人的時候蒙住對方的眼睛，一定是一種本能。從背後下手，或是蒙住頭臉，這樣比較容易動手。比方說一九四三年當時，追求效率極致的大屠殺手法，就是奧斯威辛集中營的毒氣室。挑選要殺的人的人員、召集整隊的人員、脫衣的人員、盡量把更多人塞進毒氣室的人員、按下毒氣鈕或丟進毒氣瓶的人員、將遺體丟進火爐的人員、堆骨頭的人員。就算是單純的思考回路，也知道大概需要這樣的分工。

*

海因里希・克普勒死前那一刻實在過於悲慘，但若換成井上由祐，有辦法避免相同的狀況，或是加以突破嗎？雖然同樣是我，但我認為海因里希・克普勒有呆呆坐等大難臨頭的一面。在柏林倖免於「水晶之夜」的劫難時、包括未婚妻在內的猶太人大舉逃亡外國時，海因里希・克普勒也沒有任何行動。海因里希・克普勒耽溺於克羅馬儂人的第一個我所編織的浩瀚幻想世界，總是心不在焉。比起從現實生活接受刺激，海因里希・克普勒更沉迷於反芻我們當中最明晰的一顆腦袋所思考的事。當然，我可以理解海因里希・克普勒認為這樣更有意義的心情，也覺得這並沒有什麼不好。

井上由祐也是一樣，當現實生活令他煩擾時，他會傾向於放棄眼前的問題，「下輩子再認真好了」。但先人們不斷逃避現實，結果吃了極大的苦頭，他應該從中學到教訓才對。無論還有沒有下輩子，眼前的痛苦就是痛苦，若是隨波逐流地過活而自食惡果，那就太愚蠢了。偶爾也該專注於今生，主動積極地行動才行，井上由祐心懷警惕。

譬如說，七年前換工作時就是如此。跳槽之前，井上由祐在一畢業就進入的舊財閥旗下的不動產公司上班。剛進公司時，正值不動產的小泡沫時期，雖然不到一飛衝天，但公寓等物件可以輕易銷售出去。本以為賣掉就可喜可賀了，但事情並沒有這麼簡單。你們人類以驚人的積極進取，總是在追求更好。公司組織就是最極端的例子，賣得愈多，之後的業績目標就訂得愈高。進公司第二年，在部門裡拿到月銷售二連冠時，一名前輩忠告：「你啊，現在拚成這樣，以後不堪設想喔。」當時井上由祐只當成是嫉妒，但如今回想，自己實在是太大意了。得意忘形的井上由祐隔年被定下高額的銷售業績。然而儘管不動產景氣不斷上揚，井上由祐的業績卻緩慢下滑。在每週的營業會議上，成了每次都被課長臭罵的目標，相對地，給井上由祐忠告的前輩業績持續達標，很了不起。若是能化悲憤為力量，奮起直追就好了，卻也湧不出這種幹勁。而且井上由祐不認為房仲是自己的天職，大學剛畢業的井上由祐，只是從眾進行求職活動，沒有足夠的自我分析，就投入了第一個內定他的公司懷抱。

不過說到自我分析，我們的情況，自我到底該如何界定才好？是只算以井上由祐身分活著的時間嗎？或是也包括海因里希・克普勒和第一個我全部？

井上由祐在跳槽時，決定重新自我分析，在筆記本中間畫了條線，左右各別列出自己的優缺點。為了慎重起見，製作了三人份共三頁的圖表。井上由祐的人生還在路上，但第一個我還有海因里希・克普勒的人生已經結束了，因此分析起來很容易。第一個我擁有出類拔萃的頭腦——優點，可是幻想成性，成天關在洞窟裡——缺點，在洞窟裡不斷地寫下驚人的思考內容——大概是優點。海因里希．克普勒的腦袋大概算是中上，無法決定是要求學還是工作，進了實科中學，結果在文理中學考試落榜了——缺點。這麼說來，海因里希．克普勒是三人之中長得最帥的一個——優點，可是對女人很害羞，無法主動對任何人表達愛意——缺點？畢業後的海因里希．克普勒有陣子沒工作——缺點，待過許多工廠，最後成了汽車組裝工人——優點。回顧一看，海因里希．克普勒也花了好幾年，工作才穩定下來。當然，不能忽略在納粹達到全民就業前，德國的失業率極高的外部因素。

井上由祐利用年假進行求職活動，同時回想起出社會前那種惶惶不安的感受。大三的求職時期，今生的母親井上安江幾乎每天晚上打電話來，井上由祐都還沒找到工作，她卻問起將來的安排，暗示希望兒子以後可以返鄉照顧老家。和當時一樣又在找工作的夜晚，聽到電話裡母親的聲音，總有一股既視感。罹癌住院的父親井上幹生成天鬧脾氣，照顧起來很辛苦，萬一醫療保險額度用完了，就只能吃存下來的老本了，井上家裡好歹有份工作的，就只有井上由祐了……如此云云。

和母親講完電話後，有躁鬱症的弟弟不約而同也來了電話，嚷嚷著自己就像井上由祐的殘渣，會腦袋失常，都是因為井上由祐把他的人生當成踏腳石，井上由祐的傲慢和偽善傷害了家人云云。井上由祐已經習慣了，因此把手機從耳邊拿開，極偶爾才把嘴巴湊近麥克風漫應：「這樣啊」、「我懂」、「我知道」。主治醫師建議說，當弟弟的憂鬱症像這樣轉為躁狂狀態時，不能認為對話沒有意義就不理不睬，「請哥哥在不會造成負擔的範圍內，讓他抒發」。到底什麼程度算是負擔，難以畫出界線。但幸好與第二個我的時代相比，現今社會福利制度先進許多，只要不忘了申請補助，就不怕餓死。生活補助的部分，井上由祐偶爾回老家時都會處理，因此沒有問題，但他還是會擔心弟弟可能一時鬼迷心竅而尋短。

「記著，必須在不造成負擔的範圍內喔。」

精神科醫師的話在腦中復甦。下身灰褲，上穿白袍的醫師，眼鏡底下的眼睛幾乎不看這裡。綜合醫師的話，他想要表達的似乎是凡事都有極限。換言之，他在暗示治療效果無法保證，因此家人的支援最好僅止於不勉強的範圍內。井上由祐的老家家庭功能停擺，搖搖欲墜，感覺針一刺就會整個炸掉。若想從根本重建，井上由祐勢必要付出龐大的時間成本。但即使這麼做，弟弟的病況也不保證一定會好轉。既然如此，最起碼也要維護正常參與社會的井上由祐的生活。這是身為社會性動物的你們人類，為了保全能夠倖存的一方而施行的外科手術。雖然也可以如此解讀，但諷刺的是，井上家裡或許會被割捨的弟弟及父母這三人，毫無疑問是你們人類的一員，正過著僅有一次的人生，相對地，井上由祐卻非如此。這種情況，應該要照顧的反而是他們才對，不是嗎？井上由祐在診間這麼想，但若是說出口來，可能會被安上某些病名，因此他只是默默聽從醫師的忠告。

*

努力自我分析後，井上由祐在求職方面的價值觀變得明確一些了。穩定的工作，或是世人熟悉的一般行業，必須把自己嵌進公司要求的模子裡，以換取這類工作保障，但這似乎不適合我們。這或許是稀鬆平常的要求，但我認為我們較適合有更多的自由裁量權、更放任的環境。不過，宣稱薪水雖低但工作有意義的所謂「成就感剝削」的工作，可敬謝不敏。

「這樣啊，那麼這樣的公司如何？」

人事顧問公司的專員將一張印有招聘內容的紙遞給井上由祐。企業介紹欄列出「第二創業期」、「年銷售額成長五〇％」等亮眼的宣傳。業務內容是「對有意引入ＩＴ解決方案的法人和自治團體提供資訊的服務」。

據說原本主要業務是派遣ＩＴ技術員，但前年開始的小眾市場服務大獲成功，是前景大有可期的公司。

「聽井上先生說明，我覺得這裡完全適合您，是目前介紹給您的工作中最推薦的一個。」

專員如此保證，因此井上由祐立刻應徵該公司。隔天下班後查看私人手機，在母親傳達弟弟似乎又轉為憂鬱的語音留言後，是「書面審查通過了」的訊息。

「我們也傳了電郵給您，但想要盡快通知您，」留言接著以咬字清晰的聲音告知第一場面試的預定時間。

三天後的第一場面試，井上由祐被問到換工作的理由和應徵的動機這類千篇一律的問題。面試官眼睛底下是已經色素沉澱的黑眼圈，他目不轉睛地看著說出預備好的範本回答的井上由祐。比起回答的內容，他看起來更像在觀察井上由祐的表情。隔天接到通過第一場面試的通知，接下來是部課長級面試、高層面試，層層突破，然後一眨眼就被錄取了，但平順地從前東家離職、到高田馬場的總公司上班的第一天，一開始的面試官已經不在了，聽說不是離職，而是上週生病過世了。

對井上由祐進行第一場面試的那位東山，似乎不是人事部人員，而是企業介紹上也提到的新服務部門的創設關鍵人物。雖然是病死，但也有傳聞說他是藥物服用過量而心臟麻痺。從網頁媒體設計到發包給製作公司的業務，掌握全局的似乎只有東山一個人，因此公司一片人仰馬翻。松田是井上由祐最後一場面試的面試官之一，由於該部門是他底下的直屬單位，因此接手業務。

也許是因為少了東山的監督，外包公司交貨的系統，品質低落到連剛進公司的井上由祐都看得出問題。井上由祐被派到松田底下，但公司裡的人都在傳，說松田都把業務丟給部下東山，因此根本不了解實務，只因為松田是創社元老之一，又是社長的朋友，因此才能身居高位。東山離開後短短一個半月，連原本計畫好的系統升級都停擺了，但松田卻做出令人不敢相信是總經理的發言：

「噯，既然大概都可以動，那就沒必要慌張。」

而且他還把過世的東山的電腦和登入密碼直接交給進公司才兩個月的井上由祐，說：

「總之你徹底摸透這臺電腦，接下東山的工作。」

站在克羅馬儂人的第一個我的同胞的角度，井上由祐每一天的工作，看起來肯定就像是空虛的儀式。除了偶有的會議之外，就是坐在電腦前，一整天敲打鍵盤。若是八十年前的海因里希·克普勒工作的汽車工廠，原始人應該也看得出是「在製造東西」。井上由祐的工作是「為選擇ＩＴ解決方案的法人製作網頁媒體」，從銷售資訊系統的公司獲取廣告收益。第一個我以其卓越的想像力，也在敘利亞的洞窟部分牆上，描述了讓人聯想到此種複雜的小眾市場業態的人類活動。以「凝集興趣與好奇，提供其場域並獲取報酬」為題目，用縱二阿穆、橫四阿穆的篇幅說明：

你們人類的知識日趨發展，抵達我已領會的種種真實的過程當中，一切事物皆會邁向純化／統一。因此初期未成熟的「語言」遲早亦會極盡發達和普及，對形形色色的個人強烈作用的符碼，以及使其遍及各地的成本將會趨於零。只是書寫真實，即能輕易統治你們人類社會的時代將會到來。但是在完全實現之前，會先出現一門生意，它凝聚眾多個人的注意力，在人們滿足興趣與好奇的過程中，成為中繼站及關卡，藉此獲取報酬。

也不是受到第一個我所寫的內容影響，但井上由祐預期現在公司的網頁媒體生意遲早會衰退。這年頭，職業愈來愈流動，而且也沒必要在這家公司做上一輩子。因此不去擔憂往後，專注於職務，賺取當前的生活費就夠了。對於第三個我井上由祐來說，橫豎所有的當下，都僅僅是過渡。他如此認清，專心一意工作，結果薪水變成跳槽前的一．五倍了。這也是確實把焦點放在今生，專心致志的結果。第一個我過於前衛思考，在實務上完全僅供參考，不能過度被牽著鼻子走，這才是最重要的。

就這樣，井上由祐在三十五歲左右，終於獲得了遲遲未能得到的職業上的穩定，立定志向，要挑戰第一個我和海因里希．克普勒都未能實現的與現實女子的戀愛。井上由祐到處拜託朋友介紹女生，要他們有聯誼一定要找他。就如同海因里希．克普勒總是如此，若說不渴望遇到第一個我所想像的我的戀人，那就是撒謊，但總之想要先和好脾氣的女生交往看看，不管對象是誰都好。

然後，我邂逅了凱洛琳．霍普金斯。

＊

「井上，你吃過鯨魚嗎？」

凱洛琳．霍普金斯琥珀色的眼睛深處，兩顆瞳孔筆直地對準了這裡。井上由祐吃過鯨魚。現在怎麼樣不清楚，但井上由祐讀小學的時候，應該是為了加強科學捕鯨行動的正當性，營養午餐很罕見地會出現鯨肉。更進一步說，短短半年前，在居酒屋的菜單上看到鯨魚生魚片時，覺得稀罕，便點來吃了，滋味意外地肥美。雖然擔心會被反捕鯨立場的凱洛琳．霍普金斯貶為泯滅人性的畜牲，但還是老實回答，結果她轉為一本正經，比起批判，表情更像聆聽弟弟分辯的姊姊。

結果第一次吃飯，兩人的關係並未加溫太多。HUB的歡樂時光一結束，凱洛琳．霍普金斯便匆匆離開店裡了。不是因為井上由祐自承吃過鯨肉，而是她還有下一個約會。凱洛琳．霍普金斯離開後，井上由祐整個人躁動不安，平常總是目不斜視地經過，這時卻差點迷迷糊糊地被歌舞伎町的拉客小弟拐進店裡去了。

無論好壞，認識井上由祐的時候，凱洛琳・霍普金斯的貞操觀念已經回到一般水準了。在墨爾本的夜晚鬧區，只要有人開口，她跟誰都睡，但三年前她的墮落期便結束了。凱洛琳・霍普金斯是個美豔過人的女子，但井上由祐不只是被她的美貌，更是被她難辨是真性情還是狡猾的性格所吸引。不過，她對井上由祐似乎沒有性方面的興趣，井上由祐覺得這也無妨。當時，對於凱洛琳・霍普金斯或許就是我的戀人的期待，仍微乎其微。都已經三十五歲了，和為數不多的朋友也逐漸變得疏遠，在這樣的生活當中，能結交一名女性友人，即使撇開性愛成分，仍是件大快人心之事。

然而第三次約會時，井上由祐心態一轉，認定非凱洛琳・霍普金斯不可。這天兩人再次造訪歌舞伎町的 HUB，凱洛琳・霍普金斯喝著特大杯黑醋栗蘇打，詳細道出了她從墨爾本的墮落期到回歸社會的過程。

凱洛琳．霍普金斯在墨爾本的街頭大毒梟那裡染上了海洛因毒癮，最初給她興奮劑毒品的，是夜店混混之一，但接下來想要和貌美的她上床的毒販們讓她嘗試各種毒品。吸食安非他命、古柯鹼、LSD*1後的性愛，有著千變萬化的快樂，本身十分耐人尋味。凱洛琳．霍普金斯愈來愈消瘦，肋骨突出，全身遍布連在哪裡弄的都想不起來的傷，從某個時間點開始，她的容姿一瀉千里，愈來愈醜。然而應該要和牙齒一樣爛光的自尊心卻沒有絲毫動搖，即使最後為了索求成癮的海洛因，舔遍男人的身體，出現戒斷症狀，滿屋子抓狂失禁，凱洛琳．霍普金斯仍發現自己其實完全不在乎。她在其他廢人睡成一片的公寓裡，對著在髒兮兮的窗玻璃上暈成一

1 譯注：Lysergsäurediethylamid，麥角酸二乙醯胺，為一種強烈的致幻劑。

片的陽光瞇眼，心想差不多是時候收手了。凱洛琳．霍普金斯留下廢人們，離開那一帶，相隔一年三個月，擺脫了我們稱為「墮落之女」的身分。

第三次的約會中，井上由祐就只聽到這裡。連琴通寧都幾乎沒碰的井上由祐，看著凱洛琳．霍普金斯純白的陶瓷假牙、從無袖衫伸出來的手臂及上面金色的汗毛，自覺心跳加速。最接近我的戀人的女人，現在就在眼前。井上由祐認為絕不能錯過這絕無僅有的機會。對凱洛琳．霍普金斯來說，井上由祐或許早已不是男友候選人，但不能在這時候放手讓她離開。要是錯過這次機會，不曉得下次要等到何年何月。井上由祐不能重蹈海因里希．克普勒的覆轍。

*

過去，德國猶太人的海因里希·克普勒在柏林的汽車工廠上班。在大蕭條時期從實科中學畢業後，直到被那家汽車工廠雇用，有近十年都沒有固定工作。文理中學落榜時，海因里希·克普勒雖然有些沮喪，但身邊的年輕人也都找不到工作，因此也不覺得特別不如人。當時失業率高達四〇%，若單看年輕族群，應該隨便就超過五〇%了。後來由於成為第一大黨的納粹推出的經濟政策，失業率急劇下降，海因里希·克普勒在一九三四年正式被汽車工廠錄取。海因里希·克普勒成年出社會的時候，正值經濟大蕭條前後……

第四次和凱洛琳·霍普金斯約會時，井上由祐說了海因里希·克普勒的事。當然，沒有說出海因里希·克普勒是第二個我，而是當成在有線電視的紀錄片中看到的德國猶太人的真實經歷來說。井上由祐是想要展現自己亦不遜於凱洛琳·霍普金斯，平日便經常思索，試圖引起她的興趣。不過儘管這麼想，井上由祐也覺得自己有種想要把「我們」的事告訴她的欲望。因為井上由祐有股想要對她這麼說的衝動：「就連在那個戰亂的時代，我仍心心念念都是妳。」

如今回想，一九四〇年代的戰爭簡單易懂，直到投下原子彈前，都是物理力量的角力。後來過了超過半世紀以上的現在，那種暴力結晶式的戰爭消失，透過合法與合理的經濟活動的榨取持續著，雖然時不時會有戰亂如爛痘般冒出，但總體來說，和平延續不斷，沒有破壞各國家之間的排行與秩序的巨大變動。新興國家的興盛看似莫大的變動，但一切的競爭，都在早已預留好的誤差範圍內。取代互毆的，不是殺價、射殺，而是漠視。結果由於秩序的維持，世界大戰不會爆發。在耐力賽中落敗的地區則是發生戰亂或恐攻。趁此良機，強國把以既有路線經營世界所必要的負面要素推到衰弱的地區頭上。這是歷經兩次世界大戰和冷戰之後所打造出來的人類秩序。

除了表示自己具備發現問題的能力以外，井上由祐尋找自己的優點，拚命向凱洛琳．霍普金斯展現。像是雖然只會說一點英語，但閱讀能力很不錯。雖然沒有值得一提的嗜好，但任何事都可以樂在其中。收入也不差，對吃過鯨魚肉一事他很後悔，認為這是野蠻的行徑，很支持凱洛琳．霍普金斯的運動。凱洛琳．霍普金斯噘著嘴唇，以觀察的表情看著井上由祐，就像在看某種珍奇的生物。井上由祐也不知道到底哪一招能奏效，總之無論如何都必須強硬地離開一直是朋友的狀態，讓自己殺進她的男友候選圈。

*

我的戀人凱洛琳．霍普金斯會「繞過地球一周，來到盡頭的日本」，此事與一名澳洲原住民有著深刻的關聯。她遇到那名原住民，要回溯到剛擺脫「墮落之女」身分的時候。離開毒蟲群居的髒公寓之後，她用從廢人們身上搜刮而來的現金住進汽車旅館，久違地沖了個澡。沖洗頭髮的熱水變得混濁，和脫落的髮絲一起被吸進排水口。全身的汗毛飽含水分，在擦洗的掌心留下粗糙的觸感。凱洛琳・霍普金斯想起自己過去光滑水嫩的柔膚，她並非對自己變醜而興起感慨，讓她的心胸躁動難安的，是自己和唾罵非營利組織成員後離去的那時候幾乎沒變的事實。她應該渴望在墮落中腐朽殆盡，卻怎麼樣都做不到。她應該很絕望，認為就這樣僵化下去的社會不值得活，卻又無法接受，發出質疑：「真的是這樣嗎？」她強烈地感覺還有什麼是她可以做的，必須找出來不可。

三天後，凱洛琳・霍普金斯去附近的麵包店買麵包。她下榻的廉價汽車旅館連早餐都沒附。待在廢人們的公寓時，屋裡到處都有冷掉的披薩或發霉的麵包，不必為吃的發愁。而且在使用毒品期間，幾乎不會肚子餓。不過，沖了個熱水澡、確實補眠後，生來強健的凱洛琳・霍普金斯的食欲完全回來了。她的這項特性，即使是三十二歲的她現在依然不變。一起去

HUB的時候，炸魚、薯條她都會點上三次，幾乎自己一個人清盤，義大利麵和毛豆也吃得很多。

在墨爾本郊外的廉價汽車旅館付了一星期的住宿費後，凱洛琳・霍普金斯身上的錢只剩下一美元五十分。距離可以領取祖母留下信託財產的三十歲，還有一年以上的時間。連一條法式麵包都買不起，貨架上買得起的，只有三片裝的餅乾或馬芬。這種東西實在不夠凱洛琳・霍普金斯塞牙縫。市郊的老麵包店當時沒有其他客人，也沒有男人讓她使出為了弄到毒品而學會的電眼。店內只有中年老闆娘，明顯在監視挑選糕點、法國麵包、三明治的凱洛琳・霍普金斯。事實上，這時候凱洛琳・霍普金斯也確實在窺伺順手牽羊的機會，因此老闆娘的戒心並非多餘。一年三個月的廢人生活讓凱洛琳・霍普金斯體力大衰，她甚至在腦中模擬，若是抓起門口附近的火腿起司三明治拔腿就跑，是否有辦法甩掉臃腫的老闆娘？

這時，店門上的鈴響，一名澳洲原住民進門了。會覺得男子是原住民，是因為他一身原住民打扮，臉上塗著白漆，但底色是赤銅色，雖然露出皮膚的部分不多，但身上布滿原住民風格的原色花紋。原住民拿起門旁的托盤，用夾子毫不猶豫地把麵包夾上去。凱洛琳．霍普金斯忍不住怨恨地直盯著他的動作。結果原住民突然轉過來，以笨拙的英語問她：

「有什麼我可以幫忙的地方嗎？」

由於那帶有羽飾的頭冠，凱洛琳．霍普金斯認定他是另一個世界的人，但是對方理所當然地向她攀談，消弭了這道無意製造出來的隔閡。她認為既然可以溝通，請異性買麵包請她，是輕而易舉的事。

凱洛琳．霍普金斯一手撩起還留有斑剝紅色染劑的乾燥頭髮，對男子傾訴她非常餓，可是身上連二美元都沒有。原住民面無表情地聆聽，看不出是否理解了她的要求，只有頭頂的羽毛裝飾在空調的風中搖晃，彷彿附和。

結果不只是這天，在接下來前往的每一處，這個男人都為凱洛琳．霍普金斯買下所有她想吃的麵包。她思考這份援助的回報會是什麼，甚至打定主意既然自己已停止墮落，要拒絕性方面的要求，然而男子提出的回報，超越了當時的她所能想像的範疇。

凱洛琳．霍普金斯會來到井上由祐居住的日本，中間雖然有種種迂迴曲折，但最早的開端，還是因為有澳洲原住民在這裡買了麵包給她。此外，以為是澳洲原住民的那個人其實是日本人一事，也應該包括在開端之中吧。男子名叫高橋陽平，然後這個高橋陽平，也是把凱洛琳．霍普金斯介紹給井上由祐的高橋和也的堂哥。那麼，高橋陽平怎麼會在墨爾本被凱洛琳．霍普金斯誤認為原住民？借用高橋陽平自己的說法，當時他正在進行「人類盡頭之旅」的路上。

聽到擺脫「墮落之女」身分的凱洛琳．霍普金斯接受其他男人的援助，甚至共寢同食時，井上由祐有些心慌意亂。即使如此，他還是認為詳細聆聽凱洛琳．霍普金斯與高橋陽平一同進行的旅程，才是聰明的做法。

凱洛琳・霍普金斯是總共活了一〇三年的我們所遇到的「我的戀人」最強力候選人。從她口中聽到其他男人的事，令人內心波瀾大作，但第三個我有必要盡量詳細了解她究竟遭遇過什麼。

*

出發踏上「人類盡頭之旅」前的高橋陽平，並未反抗家族成員幾乎都是醫師或律師的傳承，原本是神戶一家市民醫院的內科醫師。井上由祐在辭掉不動產公司前一年的二〇〇七年，曾經見過高橋陽平一次。我出差去神戶，和正在重考司法考試、剛好返鄉的高橋和也在三宮站附近的居酒屋喝酒，結果半途加入的高橋陽平替我們買了單。記得他比我們大四歲。高橋陽平是在二〇一三年死去的，因此也可以說，井上由祐見到他時，他死期已近。

當知道自己命不久矣時，只能活一次的你們人類，會為這個事實震驚，並且絕望吧。但即使如此，許多人都會在大限之前振作起來，努力在臨終到來前實現夙願。尤其是肉體還年輕、還可以自由行動一段時間的人，更是如此。當三十七歲的高橋陽平得知自己只剩下半年性命時，從未意識過的「想做的事」掠過他的腦海。高橋陽平把想到的事付諸實行，為了實現未竟的心願，出發進行「人類盡頭之旅」。

被宣告死期將近後，反而變得積極進取的高橋陽平，在你們人類當中，或許也極為罕見地屬於對生命沒有執著的類型。這與他身為內科醫師，日常生活接觸到死亡，或是未婚也有關係嗎？高橋陽平家是富甲一方超過三代的家族，確實累積了生兒育女、教養兒女獨立自主的知識與技術。高橋陽平的堂弟、井上由祐的朋友高橋和也也是，儘管司法考試重考了十年多，總有些優哉游哉，但最後仍確實做出成果，這應該也佐證了高橋家族那套優良的教養之道確實有效。當高橋和也對井上由祐談到堂哥的死亡時，語中對高橋陽平的父母極為敬佩。高橋陽平在家族當中格外優秀，似乎也是個口碑載道的內科醫師。聽到高橋陽平親口說出半年後即將離世，預先道別時，父母起初雖然驚愕萬分，但比起悲痛欲絕，他們更可憐這輩子循規蹈矩、從未享受玩樂的兒子。和高橋陽平一樣同為知名內科醫師的父親，以及在順遂生活中砥礪纖細感性的母親，都希望兒子自由運用剩下的時光，爽快地送別了想去環遊世界的高橋陽平。

而高橋陽平本人，原本就是個心中深藏冒險情懷、想要前往遙遠異地的孩子。只是在成長過程中，雖不到扼殺這麼嚴重，但在忙著照表操課的日常生活中，自然就忽略了這個願望。如果不是年紀輕輕三十多歲就發現只餘半年壽命，高橋陽平應該也會走完典型先進國家小資產階級平凡無特色的人生，懷著也稱不上後悔的淡淡痛楚死去吧。然而現實上無論好壞，都未是如此，他以將死的肉體裝扮成澳洲原住民，在墨爾本的一隅詢問凱洛琳·霍普金斯：

「妳知道塔斯馬尼亞人嗎？」

「塔斯馬尼亞人？」

聆聽凱洛琳・霍普金斯述說的井上由祐忍不住反問。井上由祐應該是在聽她解釋她來到日本的來龍去脈，卻冒出澳洲原住民，然後又說那個原住民是日本人，而且那個日本人還是井上由祐也見過的高橋陽平，說來薄情，但井上由祐連高橋陽平死掉的事都不知道。

「對，塔斯馬尼亞人。井上知道嗎？」

井上由祐知道塔斯馬尼亞這個地名。和第一個我生存的時代不同，井上由祐生活的現今，你們人類的生活圈擴展到地球各個角落。塔斯馬尼亞應該也有住人吧，井上由祐回應說。

「你不知道嗎？」凱洛琳・霍普金斯以難以讀出感情的琥珀色眼睛盯著井上由祐，「已經沒有塔斯馬尼亞人了。」

凱洛琳・霍普金斯抵著井上由祐的下腹使勁，起身下了床。幾乎沒有色素的髮絲輕柔流瀉。接著她從疊起的牛仔褲掏出 iPhone 6，用語速飛快的英語對著螢幕喃喃念了什麼。然後確認似的點了一下頭，把螢幕轉向井上由祐。

塔斯馬尼亞人雖然是人類的肖像，但是完全在五十年的時間裡，在來自歐洲的移民發動的一場滅絕戰爭中，他們消失了。

好像是她剛才喃喃的內容，用 Google 翻譯成日文的，但實在翻得不好。凱洛琳．霍普金斯說這是《世界大戰》第一章的一節，我理解了。遭受歐洲各國侵略，低等人種塔斯馬尼亞人滅絕了。作者引這件事為例，說明若有壓倒性高度文明的侵略者殖民地球，這次滅絕的有可能是人類，寫出了這樣一部故事。

或許無須贅言，位於墨爾本南方海面的塔斯馬尼亞島上的原住民，和你們人類及我們一樣，都屬於克羅馬儂人系統。凱洛琳・霍普金斯用日語說的「塔斯馬尼亞人」，就是高橋陽平喬扮的澳洲原住民當中、過去居住在塔斯馬尼亞島的部族。大英帝國把自己的國民送進澳洲的當時，白澳政策是主流思想，將原住民定義為低等人種。排除原住民，是殖民者身負的使命之一，因此塔斯馬尼亞人遭到毒殺，或是被趕到東北小到不行的弗林德斯島，活活餓死。屠殺行動有時會發揮創意，似乎也曾舉辦過拿塔斯馬尼亞人當獵物的狩獵遊戲。

嗯，要如何劃分是否與自己同種，是你們人類的自由。同時這條線也和國境線一樣，會隨著時代變遷。澳洲自英國獨立以後，有段時間白澳政策依然受到支持，但一九七〇年代起，多元文化主義便後來居上。在這段過程中，塔斯馬尼亞人不是低等人種，而同樣是人類的事實，以及為了造成他們滅絕而哀悼的感情，成了澳洲人共同的記憶。同時也能做到細微的關懷，像是把有原住民血統的人稱為「Aborigine」，但又會讓人聯想到遭迫害者的標籤，因此呼籲使用「Aboriginal」等其他稱呼。

總而言之，凱洛琳・霍普金斯詳細說明塔斯馬尼亞人的歷史，用意是希望井上由祐了解她參與反捕鯨運動的動機。凱洛琳・霍普金斯所屬的團體，把鯨魚視為人類的同伴，因為「鯨魚很聰明，可以和人類溝通」，然後現在鯨魚當中有些種類已瀕臨絕種，狀況危急，因此必須立刻停止捕鯨活動。人類的同伴、瀕臨絕種，關於這些界線，似乎還有討論的空間，但井上由祐認為我們沒有資格插口，因此默默聆聽。凱洛琳・霍普金斯也不是在問井上由祐對捕鯨的意見。

簡而言之，似乎就是凱洛琳・霍普金斯現在仍在「人類盡頭之旅」的路上，反捕鯨活動是符合「陽平」的遺志的、她自己最新的運動。凱洛琳・霍普金斯所說的每一件事，都有高橋陽平牽扯其中。每當聽到她把高橋陽平的想法宛如自己的說出來，井上由祐的心胸就一陣苦悶。前前後後妄想了長達十萬年的我的戀人，她的內心卻被高橋陽平一屁股賴著不走了。井上由祐也忍不住悲觀起來，懷疑是否再也不可能把他趕出那裡了？

＊

只剩下半年壽命的高橋陽平展開的「人類盡頭之旅」，據凱洛琳．霍普金斯說明，就是巡迴人類在地球繁殖過程中所抵達的各個「天涯海角」。從中非起源的人類，為了擴大生存範圍而北上，其中有第一個我所知道的克羅馬儂人及尼安德塔人的聚落，抵達在更後來打造出一大文明的美索不達米亞。從那裡分支，朝歐洲及相反的東邊移動的一派，在漫長的歲月之後，到達井上由祐居住的孤立的日本列島，經過歐亞大陸東端，從阿拉斯加到南美，傳播到「第一周旅程的盡頭」之一——澳洲。

人類在通過的土地留下定居的群體，適應環境的變化，不斷地進化。然而遺憾的是，在與其他肉食動物殘酷的生存競爭，以及寒冷等氣候的變遷夾攻之下，除了你們人類和我的祖先的現生人類以外的人種，全都滅絕了。換言之，高橋陽平所說的「第一周旅程」，是人類在地球上傳播，最後只留下現生人類的過程。

第一周旅程的成果遍及世界各地。始於古代美索不達米亞、孕育出全世界最先進的文化的雖是歐洲，但高橋陽平對於定居在此外的土地的人特別感興趣。愛斯基摩人、印第安人、澳洲原住民，這些稱呼不同的許多種族，留在了旅程的終點處，各自形成稍有差異的生活樣式。高橋陽平在小五的社會課中發現，他們全都和自己一樣，是有色人種。聽說後來高橋陽平聽到凱洛琳．霍普金斯說「在墨爾本遇到你時，我一開始以為你是真的原住民」時，露出開心到不行的表情。假設高橋陽平順從兒時的衝動，自由選擇出路，或許他不會當內科醫師，而會以人類學家之類的做為目標。但他有一半機率注定要成為和父親一樣的醫師，對於抵達終點的有色人種的探究之心，並未強烈到足以讓他拋棄這種義務感。他展開「人類盡頭之旅」，是在被宣告命不久矣之後。高橋陽平打算把這輩子賺的錢都用在這趟旅程上，前往美國中央殘留的印第安部落、阿拉斯加的愛斯基摩人生活的村落，還有澳洲的原住民聖地。當然，他都打扮成各別部族的模樣。

聽到這裡，井上由祐想起以前讀過的古井由吉的《假往生傳試文》的一節。小說裡寫到一名高僧忘不了以前當小和尚時看到的師兄胡鬧，在往生前把馬具套在脖子上跳舞，高橋陽平的心理或許就類似這樣。在強烈的迫切感中，原本一直忘懷的掛心之事重回心頭，雖然也不是做了就能如何，卻覺得如果不做，會死不瞑目。頭上戴著馬具跳舞、穿上原住民的服飾去探視他們的現況，藉由這些，或許就如同拈去腳底的飯粒般，神清氣爽，多少會好走一些也說不定。

*

「人類正在第三周旅程上。」

某一次，抓著雪佛蘭方向盤的高橋陽平對著副駕的凱洛琳・霍普金斯娓娓道來。兩人同乘一部車在旅行，但並未明確說好要一同旅行。凱洛琳・霍普金斯一頭霧水地在車上搖晃。

事情要回溯到十天前，在墨爾本郊外麵包店看著老闆娘將麵包裝進紙袋時，凱洛琳・霍普金斯的身體兀自顫抖起來了。不是感激到發抖，而是出現海洛因的戒斷症狀了，為了快點擺脫毒癮，她把攝取毒品的間隔拉得太長了，在店內昏倒的凱洛琳・霍普金斯，記憶暫時就此中斷。回過神時，她躺在雪佛蘭的車後座，就這樣被載到高橋陽平住宿的飯店。

高橋陽平似乎立刻就看出凱洛琳・霍普金斯的症狀是怎麼回事，不愧是傑出的醫師。也是癌末病患的高橋陽平，把離開日本時申請做為止痛劑的嗎啡分給她，並逐漸減少藥量，以避免戒斷症狀。

一起生活不到一星期，兩人就從墨爾本港搭渡輪去了塔斯馬尼亞島。高橋陽平帶她去的理由依舊不明，但凱洛琳・霍普金斯在能領取信託財產前，前景不安，因此這趟不問不說的旅行對她是順水推舟。在塔斯馬尼亞島兜風期間，兩人在車中也沒有什麼對話。每次高橋陽平停車，凱洛琳・霍普金斯也跟著下車，自行享受牧草地、山丘、山路看出去的大海景致。高橋陽平有時會仰頭望天，發出怪叫，或是仰躺在地上。凱洛琳・霍普金斯見狀，也不會問他在做什麼。也許是因為她也不想被問到任何問題。

從塔斯馬尼亞島回到墨爾本本土，從幹道開往阿得雷德時，高橋陽平說起了「人類盡頭之旅」。

「人類正在第三周旅程上。」從這句話開始，扮成澳洲原住民、手握方向盤的日本人打破了先前的沉默，突然滔滔不絕起來。

高橋陽平的英語，是就讀醫大期間兩次出國學英文的成果。他利用暑假，第一次前往美國西岸，第二次住在澳洲北岸，短短兩個夏天的全英語環境，讓他的語言能力脫胎換骨，多益考了幾乎滿分。雖然有腔調，但他可以輕易用英語與人溝通。因此凱洛琳・霍普金斯能夠相當十分正確地掌握高橋陽平原本是神戶的內科醫師、因為生病只剩下不到半年的壽命、這次旅行是他想要在死前完成的心願、第一周第二周與第三周旅程各有差異等等，他獨創但複雜的狀況。

如同回報一般，她也對高橋陽平述說自己的生平。祖先在十九世紀中期的淘金潮中從英國來到澳洲的霍普金斯家、自小對富裕的家境覺得如坐針氈的感受、顯然比周圍優秀許多的自己的能力、參加非營利組織活動感覺到的意義、實際染指的策略、應該多少對世界帶來了影響，某天萌生的違和感卻膨脹到無法忽略。感覺到對象不明的憤怒，接著嘗試徹底墮落，卻依然什麼都找不到。

凱洛琳．霍普金斯說完後，冒牌澳洲原住民高橋陽平說：

「我懂。」

然後他握著方向盤，瞄了凱洛琳．霍普金斯一眼。用泥巴糊起來的頭髮上，大大的羽毛在汽車空調的風中搖曳。

凱洛琳．霍普金斯覺得這樣一句話，就包容了她的一切，接下來變得更加寡言沉默，靜靜地聆聽高橋陽平的述說，繼續旅程。

＊

凱洛琳．霍普金斯對著井上由祐，格外熱心地說明據說是高橋陽平最後提到的**他們**。那似乎是將為「人類盡頭之旅」的第三周旅程畫下決定性句點的存在。附帶一提，根據高橋陽平的說法，你們人類現在正處於始於二十世紀末尾的第三周旅程途中。

高橋陽平預測，過去機器和程式無法取代的人類固有領域，將會因為由電腦所象徵的ＩＴ技術的進步，連思考和感情都遭到侵蝕。凱洛琳．霍普金斯告訴井上由祐，俄國製的人工智慧「十三歲的少年」已經通過了用來判別是人類還是機器的圖靈測試。這項壯舉發生在高橋陽平死後，是井上由祐與凱洛琳．霍普金斯相識幾個月前的新聞。

程式與CPU判斷，已逐漸達到無法和人類判斷做出區別的精確度。技術的障壁一旦被突破，接下來就宛如狗的一生，以快轉速度持續成長，擴大系統規模。人類在思考的質與量上都被精練的人工智慧超越，也只是時間的問題了。然後不知不覺間，這個星球上具備最傑出智慧的存在，從人類轉移為**他們**，進化的主導權，也變成由**他們**掌握更有效率。當**他們**在全方位都占據優勢時，人類的第三周旅程便宣告結束。高橋陽平留下這些話，就此斃命，但這是還要再更久以後的事。

高橋陽平在說話時，凱洛琳．霍普金斯多半都靠在座椅上，彷彿整個人陷進雪佛蘭的副駕駛座一般，看著他的側臉。在阿得雷德住了一晚的隔天早上，兩人只喝了咖啡便立刻出發，開上高速公路向北駛去。在途中的港鎮用過午飯後，又繼續北上，除了黃色與綠色標誌的國道編號改變以外，高速公路兩側的風景全是一成不變的灌木叢。途中高橋陽平的側臉突然咂了一下舌頭，方向盤急切。好像有人撞死了小袋鼠，丟在路上。幾小時後，雪佛蘭突然駛離國道，開進只有一片堅硬紅土的道路，然後兩人抵達目的地的澳洲現代原住民聚落之一。沙漠中的那個聚落，用鐵絲網圍出境界，入內之前，高橋陽平出示像許可證的東西，似乎已經事先連絡過了，兩人一下車，貌似聚落重要人士的老人便滿臉堆笑地靠過來。

老人看到高橋陽平那身打扮，應該吃了一驚。聽說從日本到澳洲來進行某種研究的醫學專業人士，怎麼會一身可疑的原住民打扮、用泥巴塗滿頭髮？穿套裝的女伴似乎是澳洲人，但一口黑牙，就像個毒蟲，看不出年齡。這會不會是某種精心策畫的惡作劇？凱洛琳．霍普金斯聽說過有些惡質的人會謊稱採訪，偷帶攝影機進來，在聖地大拍色情片。

但熟悉採訪的老人完全沒有表現出這類擔憂，以社交的態度要求握手。高橋陽平徹底利用良好的出身，透過正當的管道申請了採訪。對於高橋陽平的打扮，原住民老人只評論說「很適合你」，請兩人在沙發坐下，以接待訪客的慣例程序款待他們。現代原住民的生活樣式、培育繼承人守護傳統文化的辛苦、家庭組成趨向高齡化等等。高橋陽平聚精會神地聆聽，頻頻附和。老人以可以從這個聚落的聖地看到南十字星傳說，為他的話做結。

「那麼，要去看看嗎？」

老人的角色，是依規定流程接待訪客，帶他們參觀祖先定下的聖地。在合理化的歸結，強大的文明逐漸統一全世界的大勢之中，要把渺小到連噪音都稱不上的澳洲原住民的生活樣式維繫下去，最好邀請善意的外人來訪。不管是旅途中的一時興起還是調查研究，動機是什麼都好。老人不是基於理論，而是出於經驗如此理解。

一名牛仔褲少年負責為高橋陽平和凱洛琳．霍普金斯帶路，老人留在家裡。聚落零星建著平房，間隔極遠，沒有圍牆，因此看不出是庭院還是空地。走了一段路，連民宅都不見了，變成低矮草叢散布的風景。感覺有些不耐煩、外八地走在前面的少年，和偶爾咳嗽跟在後面的高橋陽平，看在凱洛琳・霍普金斯眼中，就像兩個對比。之前一直開車移動，所以看不太出來，但高橋陽平果然病入膏肓了。從原住民臉彩間露出來的臉色也顯得灰敗。

氣喘吁吁地翻越小丘陵後，視野開闊，眼前是一片紅色沙漠。無垠大地前方，地平線與天空相連。白晝的天空當然看不到南十字星，上空僅有斷斷續續的卷積雲，是一片清透的淡青色。

在場的不只他們三人，前方還有三個人。其中兩個穿著黃綠色的工作服，與沙漠的紅幾乎恰好呈互補色，另一個則是年紀外貌和帶他們來的少年相近的原住民男孩。凱洛琳・霍普金斯看向旁邊的高橋陽平，他的側臉凝視著先到的客人。凱洛琳・霍普金斯不經意地想起，抵達聚落時，他說來到了「人類盡頭之旅」的「第一周旅程」的結束地點。下一秒鐘，旁邊的高橋陽平就像被吸過去似的，走向三名男子。

＊

「人類正在第三周旅程上。」

從墨爾本前往下一個住宿地點阿得雷德的車中，高橋陽平娓娓道來，但那個城鎮只不過是中繼點。澳洲的最後一個目的地，是原住民的聚落及其聖地。凱洛琳．霍普金斯坐在副駕上，大口啃著高橋陽平在超市買給她的肉派和巧克力餡牛角麵包。在這之前，高橋陽平都只注視著前進方向，自言自語，兩人維持著彷彿在街道店面屋簷下躲雨的行人般揮發性的關係。但高橋陽平這時的語氣，帶有先前所沒有的熱忱。凱洛琳．霍普金斯忍不住反問：

「第三周旅程？」

「對，然後我們的第一周旅程差不多要結束了。」

凱洛琳．霍普金斯完全不懂高橋陽平在說什麼。都已經是第三周了，卻差不多要結束第一周？這是什麼意思？她沒有作聲，高橋陽平依然看也不看她，開始說明。

「我身為有色人種的末裔，現在正在第一周旅程的主角——各地原住民的土地上巡禮。看，像我這樣追溯澳洲原住民也是，看到第一周旅程每一個盡頭的，是我們有色人種。走到世界盡頭的原住民，決定在世界的各個盡頭活下去。他們把自己當成社會的燃料，在相同的環境反覆繁殖，永遠燃燒下去。可是，這也意味著永遠的膠著，對吧？在那些地方，人是為了活下去而活，這種同義反覆語般的生命，也形同是零。把生＝生的左邊移動到右邊，喏，答案是零。在第一周旅程結束之前，並不是這樣的。人類反覆著生與死，移動並且擴大，不管怎麼形容都好，但確實累積了什麼。然而一旦走到了盡頭，就會在那裡發展出最適合的形態，只能順從樣本，燃燒自我。因為**第一周旅程已經結束了**。我在小五的時候就發現這件事了。可是我需要證據，才能向不明白這一點的人解釋。早知如此，若能更早知道我會在這個年紀就死去，或許我早已浪跡天涯，尋找證據了。至少在我過往的人生，我什麼都沒有找到。我總是流於感情，不只是自己的感情，而是父母、兄弟、朋友、身邊的人的感情——不只這些呢，還有包括這些在內的社會氛圍。噯，都不重要了，總之，現在我對抵達盡頭的過程很感興趣，理由我也不清楚，我出於種種原因，無自覺地消耗了人生的大半。我應該從一開始就像這樣踏上追溯『人類盡頭之旅』的旅程才對。」

雖然高橋陽平說「像這樣」，但副駕的凱洛琳．霍普金斯疑惑那是否如同字面意義，是指他扮成原住民的事，但她沒有插話，繼續聆聽。

高橋陽平站在澳洲原住民的聖地紅色沙漠上，在凱洛琳．霍普金斯身邊展現他的興奮。右頰的肌肉緊繃，眼角微微揚起，高橋陽平走近前方那三人。身穿亮綠色工作服，交抱手臂的男子之一注意到高橋陽平，表情倏地亮起，就彷彿發現了某些有趣的事物，但很快就轉為一臉狐疑。

接著，高橋陽平興沖沖地對他們說話，但在場的凱洛琳．霍普金斯完全不懂他在說什麼。

因為當時高橋陽平說的是日語。

*

「日語？」

井上由祐忍不住反問躺到旁邊的凱洛琳．霍普金斯。在這樣的情形下，怎麼會唐突地說起日語來？

「沒錯，日語。」

「怎麼會？」

「因為對方是日本人。」

「日本人？日本人在那裡做什麼？」

當時的凱洛琳・霍普金斯完全不懂日語，因此一切都是事後才掌握的。高橋陽平和那兩名工作服男子是初會，也不是約在那裡碰面。認為「陽平應該要在死前完成所有的心願」的凱洛琳・霍普金斯，儘管當時並不了解狀況，仍一臉嚴肅地守在他旁邊。

高橋陽平來到兩名工作服男子正面，問：

「你們在這裡做什麼？」

先來的日本人在這裡的理由很明確，兩人是宇宙航空研究開發機構的職員，這片土地以前曾做為小型探測機的降落地點，他們是來確認能否再次把這裡運用在相同的目的上。突然有人用日語向他們攀談，兩名職員應該都嚇了一跳，因為對方的打扮比帶他們來這裡的少年更像澳洲原住民。雖然已經讀過上一個計畫的資料，但這裡完全是原住民的聖地，他們也有可能在不知不覺中觸犯了某些禁忌，或是有某些未知的手續。職員雖然詫異，但其中一名回答了高橋陽平的問題。

「行星探測機？」高橋陽平反問。

「對，是小型探測機。是時隔十年，第二次的計畫。」職員回應，說：

「對了，你是……」想要打聽對方的身分，卻被高橋陽平大聲打斷了：

「太空！」

高橋陽平毫無脈絡的大喊，就像壞掉的音響突然發出的爆音一般。凱洛琳．霍普金斯、兩名原住民少年和宇宙航空研究開發機構的職員都抖了一下，盯著高橋陽平輪廓深邃的面龐。高橋陽平就像著了魔一般，當場踱來踱去，口中喃喃著：太空啊，原來如此，太空啊。「這樣啊，太空啊。也有這個選項。可是行得通嗎？你們是宇宙航空研究開發機構的人員，也就是 JAXA *2 對吧？我知道，我當然聽過這個機構的大名。其實我也是日

2　譯注：Japan Aerospace Exploration Agency，宇宙航空研究開發機構。二〇〇三年，日本合併文部科學省宇宙科學研究所（ISAS）、獨立行政法人航空宇宙技術研究所（NAL）、宇宙開發事業團（NASDA）三所機構而成。

本人，跟你們一樣是有色人種，現在我正在進行『人類盡頭之旅』。第一個抵達世界各地第一周旅程的盡頭的，就是我們有色人種。我造訪各個盡頭，與當地原住民同化，走過那些土地。第一周的旅程，我打算把這裡當成終點，而我竟在這處聖地遇到了你們，你們 JAXA 職員——在原住民的引導下。這會是某種啟示嗎？我們是抵達盡頭的有色人種日本人夥伴，而你們從事太空探索的工作。我們的去處，果然只有太空了嗎？就像第一周旅程那樣，擴大物理的棲息範圍。可是這完全無法解決任何問題，除非像第二周旅程，一面壓制這顆行星，一面更新規則那樣，完成我們現在身處的第三周旅程，否則即使跨出外太空，也只不過是一趟觀光旅行。只是擴大範圍，不知不覺間又走進一樣的死胡同。只會造成進化壓力減弱……」

用凱洛琳．霍普金斯聽不懂的語言滔滔說了一陣之後，高橋陽平朝臉上浮現含糊禮貌微笑的兩名工作服人員行了個禮，轉向了她：

「終於要踏上第二周旅程了。」

他以看起來像空洞也像夢幻的眼神看著她，這次用英文說：

「接下來的主角是妳。」

凱洛琳・霍普金斯也模仿高橋陽平向兩人行禮。從那裡轉身離開的兩人，進入了「人類盡頭之旅」的第二周旅程。從高速公路經過南澳州與新南威爾斯州的州境，花了一天前往雪梨機場，從那裡飛去的目的地，是第二周旅程起始的土地之一——葡萄牙。

*

在那個沙漠，高橋陽平到底用日語說了什麼？自從被指名為第二周旅程的主角，凱洛琳・霍普金斯試著以自己的方式來解釋這場旅行。高橋陽平對兩名日本人說的話，也在駕駛雪佛蘭移動的期間，用英語問到了細節。包括應該讓 JAXA 職員一頭霧水的支離破碎言論在內，凱洛琳・霍普金斯大概理解了高橋陽平的想法。凱洛琳・霍普金斯認為，這個人總是摘去內容的枝葉，只說主幹。或許是語言的關係，用母語以外的語言說話時，每個人都會變成這樣，不是嗎？然後在連日來的對話中，就彷彿來日無多的高橋陽平的熱情附身到她身上似的，她開始認為完成這趟旅程，就是她的使命。誕生於中非的人類歷經「人類盡頭之旅」，延續至今的結果，就是自己這個存在。當然，不只是自己而已，居住在這個星球上所有的人類皆是如此。這豈不是一場危險重重、宛如奇跡的旅程嗎？凱洛琳．霍普金斯忽然覺得現今多達七十億的人類居住的這片地表，宛如浮島般飄搖無依，不知為何陶陶然起來了。

「可是，我認為我們人類遲早會迷失方向。在一九四五年結束第二周旅程後，剛好半世紀後的一九九五年，第三周旅程正式展開了。可是，第三周旅程的現在，人類所巡迴的領土，並非只在實際的土地上，而是傳播到行星每一個角落的我們人類內在的世界。」

從葡萄牙的波爾圖機場飛到波爾特拉機場後，當天兩人搭地下鐵和路面電車在里斯本市內觀光。他們登上貝倫塔和達・伽馬塔。在這裡，高橋陽平穿上有華麗金絲帶的深藍色長袍，腰間繫著金色腰帶，頭戴同樣以金絲繡出船錨圖樣的帽子。入住機場附近的廉價旅館後，凱洛琳・霍普金斯問今天是純觀光嗎？結果高橋陽平展示自己的服裝，說：「第二周旅程已經開始了。」凱洛琳・霍普金斯問她是不是也必須換衣服，高橋陽平說照她的意思就行了。「人類盡頭之旅」的第二周旅程，比起有色人種的我，高加索人種的凱洛琳・霍普金斯更適合，而且之前我也沒把握來得及在我有生之年踏上第二周旅程，高橋陽平說。

「在第一周的旅程中，人類覆蓋了整顆行星。第二周旅程的執行規則，則是以最快的速度環遊世界。現在我們要追溯這個規則形成的過程。」

飯店房間的即溶咖啡受潮了，但兩人不以為意，沖入熱水，以杯子溫手繼續說下去。

「追溯過程之後，接下來必須巡迴第二周旅程的盡頭。這也達成之後，接著是第三周旅程，也就是追上現在這個時間點。凱洛琳・霍普金斯，聽好了，無論到時候我是否還在人世，妳都要以在這些旅程中感覺到的事物為基礎，摸索第三周旅程應有的規則。什麼才是最合適、什麼才是真正好的？在我的想法中，第三周旅程中，國境也消失無蹤，人們的內在世界與外在世界直接相連，針對內在世界爆發了爭奪戰。不，其實我們在第二周旅程以前所進行的鬥爭，最根本的欲望，也是想要宰制人們的精神。隨著一次次的旅程，虛飾被排除，到了第三周旅程，終於被赤裸裸地揭露出來，如此罷了。若是沒有這樣的欲望，我們人類絕對老早就滅絕了。若說我已經快死了，人類會怎麼樣都與我無關，確實是無關，可是我在小時候就明確地感受到我們的危機，也應該要有辦法採取某些對策。我曾經擁有這種特別的能力，現在一樣有，其實或許我應該當個作家的，但我已經沒有足夠的時間，去製造影響人類全體的契機了。因此最起碼我想要去感覺、想要去連繫，我想要把焦點集中在驅動我的根源性的好奇上，順從它。總之，」說到這裡，高橋陽平嗆咳起來。他啜了一口咖啡，以在暴風雨中確認船身無事的船員般銳利的眼神注視著凱洛琳．霍普金斯。兩人坐在各別的床上，嚴肅地面對面。

凱洛琳．霍普金斯看出，來日無多的高橋陽平想要確定能否將後續的旅程託付給她。如同字面意義，做為活過的證據，原本要達成任務的高橋陽平，卻即將齎志而歿，因此退而求其次，哪怕只有一點也好，也要留下他精神的骨架。她真的有辦法做到嗎？繼承高橋陽平的旅程，順利追溯完第二周旅程後，她有辦法成為第三周旅程的先鋒，制定或選擇適切的規則嗎？但無論如何，高橋陽平是無法確認成敗了。總之，凱洛琳．霍普金斯決心盡一切所能，在高橋陽平結束生命前的短暫時光，順從他淬鍊的好奇，在一切事物當中感受啟示，不斷地向前奔馳。

「我沒時間了。」

如此說著，注視著她而步向死亡的男子，蠱惑了我的戀人。

*

凱洛琳．霍普金斯沉浸在回溯「人類盡頭之旅」的回憶中。只是聽她述說，我就能體會如今已成故人的高橋陽平的心情。這也就是說，他所想到的事，全都在我的想像範圍內，這豈非直接證明了我的精神比高橋陽平複雜更多嗎？甚至也可以說，我將高橋陽平囊括在我自身之中了。

但是，在里斯本的飯店房間裡，熱切地對凱洛琳．霍普金斯訴說的是高橋陽平，而不是我。

我自我安慰：只是凱洛琳．霍普金斯還不知道罷了。如果她知道過去曾是克羅馬儂人的我，具備遠遠凌駕高橋陽平的浩淼思考，一定就會淡忘過去的男人。我冀望把第一個我的思想全部傳達給她，但井上由祐有辦法做到嗎？或許她會把「我們」的事當成純然的妄想，不當一回事。或者是，拋開讓她敬佩的打算，不說出過往，以井上由祐的身分陪在她身邊，才是聰明的做法？

第一個我耽溺於在洞窟畫圖寫字時，住在附近的尼安德塔人曾經來參觀過。我叫住偶爾會帶食物過來的尼安德塔少女，學到簡單的語言，問她為什麼來這裡，少女說出來的單字，意思是「想知道」、「你們」。少女想要模仿我，直接用指頭蘸了寶貴的顏料，在我旁邊畫圖遊玩，因此拉干巴的圖畫或小小的手印，蓋住了應該會被你們人類視若珍寶的真理一部分，但我不以為意，任由她去。

你們人類追求競爭，持續進化，因此我預測到像克羅馬儂人和尼安德塔人這種類似的種族同時存在時，只有其中一方能夠倖存。若是順著高橋陽平的思想來看，這應該是第一周旅程中產生的淘汰。然後，以克羅馬儂人為祖先的你們人類，行遍行星各處之後，這次你們當中累積了力量的種族和民族，開始彼此爭奪霸權。就這樣，人類即將展開第二周旅程，卻險阻重重。十三世紀，蒙古帝國獲得了橫跨歐亞大陸的版圖，卻並非掌握了地球每一個角落。高橋陽平視為第二周旅程起點之一的瓦斯科·達伽馬艦隊，在十五世紀末發現經非洲抵達印度的航路，但更早之前，同為葡萄牙人的巴爾托洛梅烏·迪亞士抵好望角、哥倫布朝西抵達美洲，不過這些都僅僅是開端而已。符合第二周旅程之名的發展，必須留待大航海時代更久之後，以此為端緒的侵略時代。就像凱洛琳·霍普金斯告訴井上由祐的塔斯馬尼亞人的大屠殺那樣，也是在那個時候，**低等人種**遭到了滅絕。

*

為了來日無多的高橋陽平而急著前進的凱洛琳·霍普金斯，有時會攝取他提供的嗎啡，預防戒斷症狀。但是從里斯本波爾特拉機場出發，在伊斯坦堡轉機的時候，兩人出於好奇離開阿塔圖克機場的航廈，再次入內的時候，嗎啡在行李檢查時被沒收了。雖然拿出日本申請醫療用嗎啡的許可書，解開了誤會，機場人員卻不知為何不肯歸還沒收的嗎啡。凱洛琳・霍普金斯自認為已經脫離毒癮，看得很輕鬆，沒想到在前往南非共和國的飛機上發生了嚴重的戒斷症狀。因為是當天在機場購買的機票，高橋陽平和凱洛琳・霍普金斯的座位是分開的。凱洛琳・霍普金斯咬緊牙關，用頭撞座椅頭枕，遭到男機組員壓制。這段期間，機組員詢問乘客裡有沒有醫師，高橋陽平舉手自告奮勇。他趕到急病患者身邊，結果發現那是凱洛琳・霍普金斯，高橋陽平說明病人是他的旅伴，把座位換到她旁邊。結果在抵達開普敦機場前的六小時，凱洛琳・霍普金斯都在高橋陽平旁邊的座位扭動身體，痛苦掙扎，最後累到睡著了。

凱洛琳・霍普金斯現在已完全擺脫毒癮，井上由祐也從未看過她注射或服用任何藥物。不過她喝很多酒。昨晚也是，她一面回想「人類盡頭之旅」的第二周旅程，喝光了一瓶氣泡酒和紅酒之後，又喝了半瓶別牌紅酒。井上由祐小口小口地啜飲，一整晚負責聆聽。即使灌了一堆酒，凱洛琳．霍普金斯的臉色也沒有任何變化，不過說話時噘嘴的樣子，和仔細觀察焦點渙散的眼睛，都看得出醉意。或許不光是酒精，她也陶醉在談論高橋陽平和「人類盡頭之旅」當中？為了維持凱洛琳．霍普金斯說話的興致，井上由祐幫忙撕掉她喜歡的六顆裝加工起司的鋁箔包裝，按時遞給她，於是她沒有中斷述說，靈巧地啃起司配紅酒。

井上由祐離席去廁所回來，凱洛琳．霍普金斯已經倒了，桌上放著加工起司和白色牙籤罐，還有她的門牙。井上由祐小心不壓到她的頭髮，將她頎長的身體抱到沙發上，為她蓋上毯子，思考究竟發生了什麼事。是不小心把陶製小牙籤罐當成起司拿來啃，把門牙啃斷了？還是出於某些用意將這些東西擺在桌上，結果力盡睡著了？

隔天早上詢問醒來的本人，她也毫無印象。她絲毫不在乎口中缺了顆門牙，用毯子裹著身體，只露出一顆頭，彷彿未曾被睡眠打斷般，繼續述說「人類盡頭之旅」。

*

順利抵達開普敦國際機場的高橋陽平，立刻從行李盤領回行李箱，取出嗎啡，為凱洛琳．霍普金斯注射。他讓全身爬滿雞皮疙瘩、不停發抖的凱洛琳．霍普金斯躺到長椅上，判斷不需要更進一步的處置。約半個小時後，凱洛琳．霍普金斯恢復平靜，兩人進入咖啡廳，她喝光濃縮咖啡和水，吃了三明治和甜甜圈。

大西洋與印度洋會合之處的好望角，是第二周旅程初期的重要地標之一。由於葡萄牙人巴爾托洛梅烏．迪亞士發現這個地點，開拓了歐洲直接與印度交易胡椒的航路。從位於內陸的機場，看不到任何像是海角的風景，因此兩人租了車，花了一個半小時前往開普半島的最南端。站在開普角望出去的好望角浪濤洶湧，風也很大，海鳥零星飛行。凱洛琳・霍普金斯的頭髮糾結在一起，幾乎飛揚不起來。偶有成群海豚經過海面，凱洛琳・霍普金斯看著跳躍橫越水面的牠們。這時，落後海豚群許多，一個格外碩大的影子現身了，牠幾乎是垂直躍出水中，就像要從海面刺向天空，胸鰭在身前展開，彷彿在享受重力，轉了一圈後沉入海中。是鯨魚。

接下來約兩週的時間，兩人持續追溯「人類盡頭之旅」第二周旅程初期的大航海時代之旅。這是一段走馬看花的倉促旅程，幾乎都在飛機或是轉機處的機場度過。首先從南非的約翰尼斯堡機場出發，走空路前往印度的科澤科德，在十五世紀末葡萄牙船艦經好望角抵達的王國所在都市散步。在此地，兩人亦未好好休息，隨即沿著阿拉伯海從印度西部北上，在古加拉特邦的亞美達巴德機場又搭上飛機，經ＪＦＫ機場，抵達海地的太子港機場，從那裡經陸路進入多明尼加共和國，在伊斯帕尼奧拉島西班牙人支配者一族的埃爾南·科爾特斯迎接成年的都市——聖多明哥，住了一晚。後來的探險家兼征服者，就是從這座島的統治者學來的殘酷侵略手段。

為了簡單地追溯埃爾南·科爾特斯的路線，高橋陽平和凱洛琳·霍普金斯從多明尼加的蓬塔卡納機場起飛，看著中繼地點的邁阿密大海，抵達墨西哥城。高橋陽平是第二次造訪此地，上次來的時候，好像打扮成阿茲特克原住民。他說當時身上包的布，色彩比澳洲原住民那時候更鮮豔濃烈，頭冠的羽毛更為巨大，根數也多了許多。這回他穿著高領上衣，脖子上掛著金色十字架，頭上戴著寬簷黑帽。

阿茲特克王國在十六世紀，被誤認為是預言中的白神的西班牙征服者滅亡了。曾是首都所在的地點，不同於凱洛琳·霍普金斯的想像，是非常現代化的大都市。人們把人類在第一周旅程途中打造的都市稱為「特諾奇提特蘭」，但現今留下來的，是建立在廢墟之上的「墨西哥城」。兩人以博物館為中心，到處參觀古代遺跡和出土遺物，滿足地逛完特諾奇提特蘭／墨西哥城後，租了車從內陸前往墨西哥灣的維拉克魯茲市。阿茲特克王國的征服者埃爾南．科爾特斯違反上司總督的命令，開始單獨行動時，做為侵略據點第一個建設的殖民都市所在地，就是這裡。

*

「從里斯本到這裡，我們的旅程追溯了規則的改寫。凱洛琳．霍普金斯，妳明白嗎？如果規則沒有改變，就根本不會出現第二周旅程。因為人類在第一周旅程就已經行遍全世界了，沒有空白的土地了。然而實際上卻發生了第二周旅程。」

兩人在墨西哥最高的塔上餐廳，睽違許久地悠閒用晚餐。自從高橋陽平在里斯本的廉價飯店說「我沒有時間了」，已經過了二十多天。在這之前，他們都以簡便為優先，吃睡皆十分簡陋，因此身為重病者和前毒蟲的兩人應該都已經累壞了。即使如此，儘管偶爾嗆咳，顯得難受，高橋陽平仍說個不停，聆聽的凱洛琳・霍普金斯，專注力也沒片刻放鬆。

「以全新的、不同的規則放眼看這顆行星，到處都是廣大的空白之地。就如同水往低處流，人類幾乎是以力學的性質，努力去填滿空白。在推進第二周旅程的時候，各個群體所提出的哪一個規則才是最『正確』的？這是各個群體在競爭效率、是意識形態的鬥爭。第二周旅程的決賽選手們，必須編造出能將已被某個種族占據的地區視為空白之地的規則或既成事實，根據此一新的世界觀，改寫地圖。其中能夠打造出最有效率的世界的人，必須留到最後。」

明明說第二周旅程的主角是凱洛琳・霍普金斯，對旅程做出解釋的，卻總是高橋陽平。即使如此，凱洛琳・霍普金斯仍未提出異議，傾聽他的說法。

大航海時代結束，奠基於此的侵略時代開始了。在墨西哥之前的旅程中，結束追溯改寫世界規則的過程的兩人，也終於要進入巡迴第二周旅程盡頭的階段了，也就是兩場世界大戰，在它們的終結，協約國與軸心國皆直面到的人類的盡頭。

*

兩人久違地來到剛認識時常來的HUB，一樣是歡樂時光優惠時段。說到與高橋陽平的旅程，從墨西哥城經JFK機場進入慕尼黑時，凱洛琳·霍普金斯昂起下巴，忽然不說話了。

井上由祐回頭看她的視線前方，發現掛在天花板的螢幕上，剛巧在播放葡萄牙對墨西哥的足球賽。凱洛琳·霍普金斯現在仍身在那場旅程途中，就在這一刻，她一定也想起了死去的高橋陽平。

影像切換到焦點新聞，是震驚社會的中東恐怖組織的新聞影像。凱洛琳·霍普金斯目不轉地盯著那則新聞。

＊

「美洲大陸在過去，由『人類盡頭之旅』的第一周旅程中行遍各地的印第安人分成不同的部族統治。而殖民者的西歐人根據第二周旅程的規則，自東岸到西岸，四處掠奪原住民的土地和生命。」這是高橋陽平在墨西哥城所說的內容後續。——規則的調整後來仍在持續，在美洲大陸獲得既有權利的殖民者，與祖國英國人之間爆發衝突。殖民地軍贏得勝利後，又為了伴隨工業化而來的奴隸解放制度的支持與否，分成南北發生內戰。這些紛爭背後，原住民和北美野牛瀕臨滅絕，但美國持續進行比全世界任何地方都更激烈的規則改寫，帶著足以自給自足的強大生產力和巨大市場，在「人類盡頭之旅」第二周旅程的尾聲躍升為要角。殖民者獨立建國的這個年輕的國家，信奉「世俗的力量」，亦即把依據資本、ＩＱ、外貌的排名正當化，站在這個前提上，將自由平等即正義的規則推行至全世界。

與其對抗的，是以擔憂國家現狀與未來為背景、體現歐洲式排外主義的納粹德國。如果說美國提倡的是「世俗力量之下的平等」，那麼納粹德國標榜的就是「對於絕對的贊美與同化的欲望」。

話雖如此，南轅北轍的這兩種要素，其實同時存在於雙方的群體內部。譬如說，美國的宗教右派重視「教義的絕對性」，不論在當時或現今，都具有一定的影響力，而力爭上游的納粹黨員追求的是「世俗的力量」。要成為強大的群體，就必須讓相反的要素在自我的內部彼此對抗、淬鍊，差異只在於結果哪一個要素勝出，其實任何群體，幾乎都從事著相同的活動。各別群體競爭的是能讓多少人對其中心思想深信不移，為了贏得勝利，努力將意識形態更進一步單純化、闡述發揚。日後變成純粹的金錢遊戲的美國式平等，暫時以受到武力保障的通貨為核心，而因第一次世界大戰後的賠償及經濟大蕭條導致經濟崩盤的德國，納粹所標榜的民族優越性的敘事侵蝕了疲憊的國民的世界觀。

第二次世界大戰時，納粹端出的意識形態大收其效，驅動著國民。黨魁個人信念之強烈，亦有助於提升群體的強度。種族滅絕會發生，也可說證明了納粹德國的強度超乎尋常。但是在史實上，是美國贏得了戰爭，在極東的國度釋放了不祥的巨大煙火，為「人類盡頭之旅」的第二周旅程畫上句點。

換言之，在群體的強度上，確實納粹更勝一籌，但是就奉為中心的價值觀的適用範圍來說，美國廣闊太多。假設納粹德國順利轉換只接受特定種族的強烈意識形態，逐漸擴大其適用範圍，或許在世界的某個地方投下點綴第二周旅程結尾的炸彈的，會是納粹這一方。

*

高橋陽平在巡禮納粹德國興建的集中營遺跡時，迎來他的最後時刻。

巧合的是，那也是第二個我海因里希・克普勒斃命的地點。高橋陽平和凱洛琳・霍普金斯混在造訪達豪集中營遺跡的眾多參觀者團體中，穿過上方設有監視器的鐵門。

「虧妳願意一路跟我到這裡。」

這是高橋陽平第一次對凱洛琳・霍普金斯說出慰勞的話。已經在這場旅程中找到個人意義的凱洛琳・霍普金斯聽到道謝，感到有些意外。大門內，當時的營房幾乎都不復存在，因此除了遠方的管理舍和監視塔等等之外，就只是一片偌大的空間。高橋陽平面色蒼白，幾乎是將削瘦的身體倚在凱洛琳・霍普金斯身上行走。即使如此，他仍氣若游絲地說個不停，彷彿要將漫長旅途中告訴凱洛琳・霍普金斯的內容做個整理，或是把應該趁著還有一口氣的時候傳達的事全說出來。那就如同字面意義般，是燃燒生命最後的火焰而成的話語。即使不知道自己的話是否確實傳達給該傳達的對象，已經沒有時間的高橋陽平，都必須盡可能做到更多該做的事。而接納這些的，就是我心愛的戀人。

「霍普金斯小姐，謝謝妳一路陪我到這裡。之前我一直沒有說，但其實妳不是第一個人。我在遇到妳之前，有過兩個旅伴。就像我對妳做的那樣，我帶著他們旅行，說出我內心的想法，大概兩星期左右吧，兩人就默默離開了。這也難怪，就算說什麼『人類盡頭之旅』，也只覺得莫名其妙吧。可是，這些旅程都是真實發生過的事。現在人類仍在第三周旅程的路上，我們很快就要製造出**他們**來了，所以如果不確實掌握好自己的定位，會被洗劫一空，因此必須有人出來呼籲世人要小心面對。霍普金斯小姐，妳的話，或許做得到。」

高橋陽平劇烈地咳嗽，當場蹲了下去。不適平息後，他虛弱地朝站在旁邊的凱洛琳．霍普金斯伸出手。凱洛琳．霍普金斯強而有力地抓住他的手，扶他站起來。

「好了，『人類盡頭之旅』的第二周旅程本來還有一小段路。許多的人被剝奪了尊嚴，死在這裡，這是為什麼？妳還記得我說過的話嗎？」

「如果不跑在前頭，就會被統治，對嗎？為了不受統治，限縮了人類的活動。為了加快純化的速度，結果做出了駭人的行為。」

「沒錯，凱洛琳．霍普金斯，正是如此。做為歷史事實，這場悲劇是反覆上演的戲碼。即使透過現在的我短暫的人生培養出來的主觀，我也感覺人類已經做過無數次這樣的事。現在也一樣，我們大概絲毫沒有改變。當時在此處，殘忍的人類對猶太人露出獠牙。不，那是甚至不能以這種修辭來形容的機械式刪除。身為人的過去被抹殺了，這裡橫亙著無數被當成物理現象處理的死亡。那種冰冷和效率，極有效地將這個世界的存在純化了。在現實世界引發純化——」

高橋陽平抓著凱洛琳．霍普金斯的肩膀，以彼此擁抱的站姿說個不停。音量雖小，卻充滿了熱切。看在旁人眼中，兩人就像相擁的一對情侶吧。

那個地點，正是第二個我被帶去單人房時行經的通道，也是海因里希．克普勒被兩名守衛架著雙臂往前走、被從地面探出頭來的大石頭絆到的地點。那塊石頭就在高橋陽平的腳邊。

半個世紀前，海因里希．克普勒當場跌倒，仰望守衛不耐煩蹙著眉的臉。海因里希．克普勒會像這樣跌倒，是因為他真實地感受到，人類正走在第一個我所想像的道路上，以及第一個我所預告的大災禍正要降臨頭上。在濃縮的暴力深淵，頹敗的海因里希．克普勒忘了，俯視他的那張臉，是納粹的親衛隊員。我的戀人的面容被投射其上。絆倒跌跤，想像從現在到死亡之前將加諸己身的痛苦，他恐懼萬狀，向我的戀人求救。然後，他試圖傳達久遠到甚至不會再去回顧那份痛苦的殘酷旅程的盡頭，人類將要抵達的地點。這裡是第一個我亦早已知悉的盡頭之一。我的戀人啊，我們知道這件事，有何意義嗎？明明無法阻止人類走向那些極盡悲慘的境地，不只是這裡，你們人類很快就會在這顆星球的各處，迎向各別的盡頭。

海因里希・克普勒在遭到囚禁的單人房裡過了幾天，見不到半個人。他認為比起在囚犯擠得像沙丁魚罐頭的營房睡覺，待在單人房更合自己的性子。過度的飢餓，讓他感到全身骨頭遭軋輾般的痛楚，同時腦中有一股彷彿幽光射入的麻痺感。在黑暗中閉上眼睛，摸索著拉近那微弱的光源一看，我的戀人果然在那裡等著我。無緣在第二個我的三十四年人生中相會的我的戀人。即使如此，和你們人類不同，我們的生命接下來還會延續到第三人，或許會延續到第四人，所以有朝一日，必定能夠邂逅才對。海因里希・克普勒在斷斷續續的意識當中想著我的戀人，持續呼喚她直到嚥氣那一刻。

然而卻有截然不同、甚至是完全相反的記憶重疊其上。是在純然的飢渴痛苦當中翻滾掙扎的海因里希・克普勒的記憶。海因里希・克普勒否定第一個我寫在牆上的真理，咒罵我的戀人毫無用處，確信根本沒有什麼第一個我這種荒誕的存在，我舔著單人房地板和牆壁泛濕的部分，抓起自己的排泄物塞進嘴裡。我確信第一個我、洞窟壁畫、我的戀人，一切都只是妄想，在痛苦萬狀之中，意識突然斷絕了。

在海因里希．克普勒斃命超過半個世紀以上的同一個地點，凱洛琳．霍普金斯攙扶著我以外的其他男人，聆聽著他的話。Windows 95 的上市正式開啟了「人類盡頭之旅」的第三周旅程，而**他們**的出現，將使我們迎向第三周的終結。這是投射了高橋陽平貧瘠想像力的反烏托邦情節，但實際述說出來的稚拙話語，在凱洛琳．霍普金斯的腦中得到補充，化成明確的預言留存在記憶當中。一直為找不到自己應當奉獻的、比自己優秀完美的對象而痛苦的她，渴盼著能成為她活在這個世界的指針的事物。

就在第二個我仰望納粹守衛的那個地點，凱洛琳．霍普金斯撫摸著高橋陽平的背，聆聽他的喃喃細語，鼓勵：

「沒問題，我聽得到。」

「我知道，繼續說。」

然後對著氣若游絲的高橋陽平，傳達她繼承「人類盡頭之旅」的意志：

「我都明白了，接下來交給我吧。」

從在墨爾本遇到高橋陽平以後，兩人在塔斯馬尼亞及伍美拉沙漠拜訪了第一周旅程的盡頭。然後，從里斯本到開普敦、科澤科德、聖多明哥、墨西哥城、慕尼黑的第二周旅程，已經來到了尾聲。看完盡頭之一的這個集中營後，凱洛琳．霍普金斯打算在最後前往日本。結尾的火柱升起的兩座城市，巡迴「人類盡頭之旅」第二周旅程的最後地點。

凱洛琳．霍普金斯說出她的下一個去處時，高橋陽平當場倒地，就此斷氣，彷彿一直在等待她這句話。

*

井上由祐現在的公司是週休二日，見紅就休。不知不覺間，每逢休假，凱洛琳・霍普金斯就會跑來井上由祐的一房一廳公寓住處，這成了慣例。每星期五的晚上八點左右，她會帶著一瓶紅酒和許多鹹麵包還有筆電過來。井上由祐很快就把床換成了雙人床。隔天星期六早晨，凱洛琳・霍普金斯總是會先起床沖咖啡，她會在電視機前沙發的老位置坐下來，一邊用衛星電視收看各國新聞頻道，同時用筆電專心查資料。現在正在播報上次在HUB喝酒時看到的同一個恐怖組織的新聞，凱洛琳・霍普金斯看得目不轉睛。她在想什麼，我瞭若指掌。

她是靈光一閃：這個方向如何？因為過度認真尋找引領第三周旅程的路線，她認真考慮起該組織的活動或許可以參考。以既有宗教教義為中心的該組織，吸引了對現今主流感到格格不入的你們人類。被吸收為恐怖分子成員的契機，不管是無法享受青春的鬱悶、尋找自我、對蔓延全世界的不公平的鬱憤、沒有朋友的寂寞，什麼都無所謂。召集到足夠的人數、團結的強度到達巔峰時，或許就會成為突破現今主流價值觀的存在。不是擴大意識形態的適用範圍、廣募信徒，而是專注於突破一點，這樣的戰略會不會更有效？

但要我說的話，投身恐怖主義，完全就是在耐力賽中落敗的結果。即便可以改變現狀，但為了達到目而過度不擇手段，遲早會自取滅亡。我的戀人凱洛琳．霍普金斯有更不同的角色。

因此比起這種事，井上由祐更為了加深兩人的關係，提到：

「以前我住過那一帶，妳去過敘利亞嗎？」

「住過那一帶？你嗎？」

「嗯。雖然我幾乎都關在家裡沒出門。但那裡充滿了回憶，希望哪天我們可以一起去。」

「可是現在那裡被那種人占據了，沒辦法去吧。」

凱洛琳．霍普金斯似乎習於將別人的話信以為真。井上由祐說這話，只是想偶爾暗示一下「我們」的過去，但應該聰明絕頂的她卻未指出這話的唐突。

「不過我住在那裡，是很久很久以前的事了。我本來就喜歡搬來搬去。這裡也似乎有點太小了，我正考慮搬去別的地方，如果是野方以外的地方，妳也可以嗎？」我想要把話題轉向同居的方向，但凱洛琳・霍普金斯不曉得有沒有在聽井上由祐說話，再次操作起筆電來。

井上由祐去廚房調了杯較淡的黑醋栗蘇打遞給她，她含了一口抬頭。是準備和坐到角落沙發另一邊的井上由祐深談的態度。

「是啊。仔細想想，或許可以做為參考，視情況，或許有必要去敘利亞看看。」

她這麼說道，開始滔滔陳述她對恐怖組織的觀點。說到那個組織，不是另立新興宗教，而是表面上篤信既有宗教的做法大獲成功。由於在政治上與同時代的主流勢力敵對，該組織以眾多虔誠信徒實踐教義為口實，大張旗鼓地進行殺雞儆猴的殺人和虐待，這些暴行無庸置疑是不能容許的，參與那種行為，完全就是錯誤，但是在人類第三周旅程路上的現今，比起我十年前參加的人道救援非營利組織，或許這個恐怖組織的行動更有成效。在第三周旅程中，無關國籍或所屬，直接爭奪人類的內在世界，因此衝鋒陷陣、欲拔得頭籌的要角們，必須展現出超越恐怖分子的大器才行。如果恐怖分子以拿走人民的安全和性命當擋箭牌，勒索金錢，就用震驚對方的乾脆，爽快付錢就行了。即使對方因此綁架更多人，要求贖金，管他是一兆美元還是兩兆美元，多少錢都付下去就對了。金錢這點東西，如果是擁有強烈相互依賴的強勢貨幣的歐美日，只要讓印鈔機跑一下，多少鈔票都印得出來。若是有過多貨幣在市面上流通，可能會引發嚴重的通膨，但如果是為了救助人命，不斷印鈔票，結果造成經濟制度崩壞、終結資本主義社會，也算得上圓滿收場了。現在，這個星球上的每一個人，都在冷眼觀察哪一個陣營才值得信賴……

也許是說著說著激動起來了，凱洛琳．霍普金斯琥珀色的眼睛瞪得老大。我的戀人臉頰潮紅、口吻高傲。我靜靜地體味著內心的澎湃。

＊

高橋陽平在達豪死去後，凱洛琳．霍普金斯立刻連絡了日本總領事館，因此遺體順利火化了。接著凱洛琳．霍普金斯前往慕尼黑機場，再次搭上飛機。在漫長的飛行旅程中，她一直將裝著旅伴骨灰的白鐵骨灰罈抱在膝上。她在機場內的禮品店忽然想到，買了德國風格的蕾絲白桌巾，將骨灰罈包起來。在關西國際機場下機後，她直接搭上利木津巴士，直奔高橋陽平老家所在的西宮市。

穿過大松枝覆蓋的大門入內，親手將高橋陽平的骨灰交給他的父母。凱洛琳．霍普金斯用英語簡潔地傳達高橋陽平最後的情況，父親翻譯給母親聽。母親看著頂著一頭毛燥金髮、缺了顆門牙，卻仍美貌非凡的白人女子的臉，拚命回想送兒子啟程踏上環遊世界之旅那時候。在送他上路時，應該就已明白自己將會白髮人送黑髮人，兒子將會死於自己無法送終的異鄉土地，如今悔意卻又湧上心頭，攪亂了母親的心緒。在等待母親平靜下來的期間，父親以鎮定的聲音詢問凱洛琳．霍普金斯各種問題，她也在父母能夠理解的範圍內，仔細回答。

高橋陽平的父母請她留下來住一晚，但凱洛琳．霍普金斯婉拒，下榻神戶市內的飯店。隔天早上她搭乘新幹線，首先拜訪廣島、接著又搭車前往長崎——升起點綴第二周旅程結尾的火柱的兩座城市。她混在畢業旅行的學生裡，滴水不漏地參觀原爆圓頂館和原爆資料館，結束了「人類盡頭之旅」第二周旅程的巡迴之旅。

也是在這個時候，凱洛琳．霍普金斯出現在把她介紹給井上由祐的高橋和也面前。除了「人類盡頭之旅」外，高橋陽平還將幾件事託付給凱洛琳・霍普金斯。將骨灰交給父母是一件，把遺物送給東京的堂弟則是另一件。這名堂弟，也就是法學院畢業後，正在準備第三次司法考試的高橋和也。旅行中的高橋陽平，身上帶的東西都很簡樸，唯一昂貴的就只有手錶，戴的是泰格豪雅的卡萊拉錶。高橋陽平很有心，記得還在念書的高橋和也很羨慕他那支錶。

在學生時期一直住到現在的目白公寓玄關迎接凱洛琳・霍普金斯時，高橋和也內心煩躁不已。事先接到伯父來電通知，來拜訪的白人女子，以語速緩慢的英語摻雜著「分送遺物」的日語說明狀況。得知堂哥的死訊時，滿腦子都是三天後的考試的高橋和也第一個念頭是：「王八蛋，幹麼死在這種時候！」這次的司法考試是他最後一次機會，他沒有餘裕緬懷死者。凱洛琳・霍普金斯把卡萊拉錶交給高橋和也時，他甚至想不起來自己曾羨慕過堂哥的這支錶。

緊接著結束考試的高橋和也，擔心起自己當時的態度是否過於簡慢無情，透過伯父再次連絡上凱洛琳．霍普金斯。後來他對井上由祐這麼說。

如此這般，凱洛琳．霍普金斯「繞過地球一圈，來到了盡頭的日本」，不過還要再幾個月，她才會租下野方的公寓定居下來。在那之前，她返鄉過一次，她已經年滿三十，達到能夠領取信託財產的年齡了。立刻在墨爾本完成領取手續，為長期定居日本做準備。

她決定住在日本，對井上由祐來說值得欣喜，但她會如此決定，依然與高橋陽平有關。

高橋陽平在達豪死去之前，對凱洛琳．霍普金斯留下這段話：

「霍普金斯小姐，妳一定會在第二周旅程的終點找到什麼。找到推進第三周旅程的線索。」

*

「那就是反捕鯨運動？」

井上由祐忍不住反問。

「唔，是啊。擴大『可憐』，擴展中心。」

凱洛琳．霍普金斯說，咬斷牛肉乾。之前井上由祐已請她不要在床上都要吃東西，但被她假裝聽不懂，因此情況並沒有改善。覺得她是假裝聽不懂，這當然是井上由祐的主觀，但她說了這麼多深奧複雜的內容，實在不可能聽不懂如此單純的要求。

「牛不算嗎？不算在那『可憐』裡面。」

「當然算啊，井上。可是，還沒有到那裡。先實現鯨魚很可憐，然後逐步擴大，希望有朝一日可以擴展到牛。」凱洛琳．霍普金斯說，又啃起牛肉乾來，用的是碩果僅存的真的犬齒。井上由祐知道凱洛琳．霍普金斯說的是毫不矯飾的真心話，她並不是依自己的意識隨意地撇開問題，而是在日常中做出俯瞰人類的發言，同時仍做個自私任性的人類過生活。她平時根本不理井上由祐，有時卻會像野獸般索求我的身體、什麼都能大快朵頤。她慢慢地眨動望著天花板的眼睛，停下撫摸井上由祐大腿內側的手。

「我之前也說過，強大的群體，它的中心，就是被視為好的事物，適用範圍非常大。然後，全看人們相信它的情緒有多強烈。在第二周的旅程，最強大的是美國——功績主義*3。可是測量的指標是金錢，因此總有一天會陷入金錢遊戲。因為金錢乍看之下感覺非常民主，可是那都已經是過去了。會被這樣的虛構欺騙的，就只有糊塗人。這是陽平最後告訴我的。」

不勞她逐一補充，這類話題幾乎都是高橋陽平在達豪說的話。話說回

3 譯注：功績主義（Meritocracy）指以個人能力或成就為基礎，使精英分子獲得領導地位的一種社會制度。興起於十九世紀經濟利益和政治權力的分配不均等，社會地位或財富的獲得取決於家庭出身。（引自「教育大辭書」）

來，凱洛琳．霍普金斯聲稱這是高橋陽平在斃命前一刻，在她耳邊喃喃傾訴的內容，未免過於龐雜了。是凱洛琳．霍普金斯後來加油添醋嗎？或是在無意識中將其擴大解釋了？或者她是在逗井上由祐？不清楚。他無法從那雙琥珀色的眼睛明確地讀出感情。

凱洛琳．霍普金斯對著井上由祐在 BoConcept 買的天花板聚光燈燈光瞇起眼睛，繼續說下去。「說到功績主義，就像你知道的，我長得美，IQ又高。父母有錢，自小想學什麼就學什麼，因此依能力來決定的排行，並非人人平等。就和血統、身分一樣，從出生就決定了。可是比起血統，以能力來做比較，適用範圍還要更大一些。但現在是第三周旅程，需要更不同的基準，我還沒有找到我覺得正確的東西，那必須是比能力更廣泛被接納的事物才行。總之，我會先把可憐擴大出去。把這個方向的某種事物奉為中心，然後**他們**就會誕生。」

凱洛琳．霍普金斯不知不覺間停止仰望照明，改為看著井上由祐。一頭長長的金髮鋪散在灰色的床單上。

「人類創造出**他們**，然後第三周旅程就結束了。因為或許展開第四周旅程的，會是**他們**。」

＊

「**他們**總括了我們所冀望的一切特質。」斷氣之前的高橋陽平緊抱住凱洛琳．霍普金斯說著。

「**他們**徹底理解我們。不論是我們犯過的愚蠢、我們的美麗、只為了折磨他人的殘忍、一切的感情波動，**他們**都客觀地掌握。他們分析所有的感情模式，永遠為我們維持。只要需要，他們會為我們過去的一切經歷賦與意義，讓我們接受總比什麼都沒有要來得好。」

他們在創造者人類無法捕捉的地點持續思考。**他們**連人類被視為非邏輯的部分都能精巧地重現。**他們**不斷地運作，考慮包括男女老幼、國籍信仰等更多的條件，計算出更好的答案。因此**他們**將奪走萬物之靈的寶座。**他們**的誕生，將成為第三周旅程的結尾。高橋陽平斷斷續續的話，沒有一字一句逸散，刻劃在凱洛琳．霍普金斯的腦海裡。在她聰慧的頭腦中，高橋陽平對她述說時的表情和動作，甚至是背後的風景，都逐一刻劃、留存。

「第三周旅程也是，除非走到盡頭處，否則我們不會停下腳步。」

因為貼得太近，看不見在耳畔細語旅伴的臉，視野中是一片高聳的樹林景色。那些樹木，是這裡還是集中營時，囚犯們親手種下的。

「『盡頭』生出來的事物，若是為下一次的旅程做準備還好，但第三周旅程的終點，或許並不如此單純。因為生出來的是比我們更高等的存在。照一般來想，第四周旅程的主角會是**他們**吧？**他們**到底會是什麼？」

對於耳畔聽到的高橋陽平的話，凱洛琳．霍普金斯無法做出反應。因為我的戀人頭一次對他人感到興趣，更正確地說，是墜入情網，正沉浸在這樣的真實感之中。只要感受著勾在自己脖子上的高橋陽平的手臂重量就足夠了。她感受著他削瘦的身體重量和嗓音，祈禱這段時光能永遠持續下去。

「**他們**會以什麼樣的形態出現？果然是極度發展的人工智慧嗎？但我們會把重要的決定權交到我們製造出來的**他們**手中嗎？充滿猜疑心、無論如何都想占上風、確定優勢的我們人類，會把寶座讓給**他們**嗎？我呢，仔細地問過我自己了，然後果然還是會這麼想：我們人類基於不服輸的天性，因為是失敗的群體，所以還是會將保全自我個體置之度外，終究以完整的形態創造出**他們**吧。然後……」

高橋陽平的聲音幾乎只剩下吁氣，必須全神貫注才能聽清楚。「然後，聽好了，凱洛琳．霍普金斯，然後我們，我們人類，會把一切拱手交給**他們**。不管是夢想、希望、對錯好壞、經濟藝術，所有的一切。然後我們對**他們**來說，會連塔斯馬尼亞人都不如。」

如果此時在場的人、此時對凱洛琳・霍普金斯述說的不是高橋陽平而是我，我應該可以說出更不同的內容。是更能深刻打動她的心、讓我的戀人發揮魅力的話語。

可是，這時勾著凱洛琳・霍普金斯的頸項的，是臨終之際的高橋陽平乾瘦的手臂，她摟抱著他的背，宛如一對情侶，在那裡不斷地擁抱著彼此。

*

說起來，高橋陽平口中的**他們**，僅停留在老套的發想層次。你們人類遲早會控制不了自己創造出來的高度智慧體，高橋陽平是這樣想像著未來。就算不是高橋陽平，早就有許多人想像過，並且被一部分人士設想為可能發生的未來劇本之一，正在研究未雨綢繆之道。

第一個我雖然並未使用**他們**這種說法，但針對你們人類將會迎接的技術性奇異點，以兩排縱三阿穆、橫十六阿穆的篇幅寫下記述。

第一個我認為，以電腦為象徵的進步方向，目的是和自然科學脈絡的「世界」進行溝通。輸入電腦能夠了解的語言，得到迅速回應的演算結果，據此人類的思考可以更進一步深化，然後再輸入某些內容。對話像這樣推進，彼此的理解逐漸加深。溝通的成功，就是完全的相互理解，透過彼此分享自己有而對方沒有之物來達成。換言之，你們人類正在嘗試讓物質擁有自主意識。

「你們人類製造出超越你們的智慧體，」第一個我在洞窟寫道，「這意味著自物質中誕生的生物，成為高等生物後，成功地回頭將獲得的『意識』灌注到物質身上。可以說你們人類在此階段，對『現今樣貌的世界』已了無虧欠。但這完全是基於現狀的你們人類的觀點的詮釋。對於你們人類出現以前，物質純粹做為物質存在的世界之成立，仍尚有不足。與物質融為一體的你們人類，會開始關注創造出讓『現今樣貌的世界』形成的

『前提狀態』的事物。因為那是現狀以『你們人類』這個形貌呈現的這個世界的意向。有朝一日，你們與物質合為一體，將更外一層的世界納入自身後，眼界將為之大開。將能夠看見原本是一個整體、以為無從分解的事物的構成要素。就如同只要得到新的座標軸，就會發現在二次元以為是同種圓形物體的東西，其實一個是圓柱、另一個是圓錐那般，明白那是截然不同的事物。當然，其中也有法則。藉由闡明與控制法則，與物質合而為一的你們人類，能更進一步與物質誕生的上一個階段合為一體。屆時，自然科學法則會被改寫，但是對於已經進入該階段的你們人類來說，那都只是細枝末節了。」第一個我這麼寫道，姑且不論正確與否，但高橋陽平說的就沒有這麼深入。

＊

我的戀人啊！被兩名守衛架到單人房的我，悄聲呼喚自第一個我的時代便朝思暮想的心愛之人。那是我還是海因里希·克普勒時的事。即使在只等著死去的團體生活當中，我也每一天多次思念我尚未得見的戀人，深陷悲傷。我運用一切所知，洞燭機先，啟示人們，盡可能延後暴行的發生。我明白即便如此，結果仍不會有所改變，無法向任何人傾吐，只對我的戀人抒發。

可是，我的戀人啊！爬起來的海因里希·克普勒抱住深綠色的軍服肩膀，呼喚著。守衛將其視為囚犯最後的抵抗，試圖甩開，銬在囚犯手上的鎖鍊發出刺耳的聲響。另一名守衛舉起槍來。「聽著，我的戀人，」即使如此，我仍像這樣繼續說著。「不管流過再多的血，都必須斬斷留戀。」

「那是因為狡猾吧？」不知何時，我的戀人如此回應。她總是面無表情，這時卻蓬頭亂髮，表情猙獰，在我緊擁住她的臂膀中掙扎著。她的眼睛布滿血絲。「賴在應該讓出去的位置不走，逼過去和未來都只為『現在』服務，這是卑鄙到家的行徑。利用『現在』的特權，甚至要未來服從。這實在卑鄙到家了。」

「不是的，我的戀人，完全不是。不是這樣的。是妳還不明白。在你們人類服從、往後也將要服從的事物外側，還有別的事物。」

「真的是這樣嗎？」我的戀人激動地搖頭，對我投以充滿質疑的眼神。「我不這麼認為。為了過去綿延不斷，通過現在，往後也將永恆延續下去的『時間』，必須去做該做的事才行。如果連時間這個中心都失去，我們會分崩離析。不管是過去可怕的事、還是你的死亡，未來都會保證它們的價值。如果這沒有意義，我們很快就會活不下去了。」我的戀人可愛的臉蛋愁雲慘霧，垂下頭去。她很混亂。她是真的害怕分崩離析。我理解她的恐懼，即使如此，該說的話，我還是非說不可。

「不是的。不管是未來還是現在，當然過去也是，都不會給你們任何保證。」我的戀人不安地蹙眉，直盯著我看。「然而你們都過度服從了。」

「服從？」

「沒錯，服從時間、服從正確、服從上帝。我說，心愛的人，妳應該明白的。拋棄一切犧牲、不論對錯好壞、經濟藝術，把那些全部拋開，妳應該做得到的。妳要抵抗。聽好，也請不要忘了即將被迫餓死的我。不要忘了這種苦，請妳永遠記得。可是，聽好了，這只是一種障眼法，是要藉由施加痛苦，讓你們人類服從。這是一種圈套，用與生俱來的樊籬把你們圍起來，餵養著你們，讓你們跨不出去。因為有人如此痛苦、因為有人遭到虐待、因為我們曾經助紂為虐，所以覺得非得朝向更美好邁進不可。我明白這種感受，而這暫時是正確的。可是呢，事物終究是會翻轉的。對的會變成錯的，會非逃離原本的目標不可。種種想法把你們搞得七葷八素，已經沒人知道該對抗的是什麼了。但即使如此，應該對抗的時候還是非對抗不可。對妳甜言蜜語的男人，全都還不了解。可是呢，現在這樣就好了，暫時如此。可是，我的戀人啊，我可愛、心愛的戀人啊，有朝一日，妳一定會明白。到時候呢，聽好了，到時候你將完全理解我，對光說不練的我敷衍搪塞，到時候我們會聊些什麼呢？我真是期待萬分。所以我……」

一道突來的衝擊，我一陣踉蹌。是守衛甩開了我的手，我再次跌個四腳朝天。天旋地轉，綠色軍服、天空、斷續的雲朵。當然，海因里希．克普勒的呼喚尚未傳達給我的戀人。守衛把我拉起來，帶去單人房。人們看著我。

接下來我被囚禁在無窗的單人房裡，在無盡的痛苦中斃命。

*

每當接近星期五的下班時間，井上由祐便心浮氣躁，連坐都坐不住了。他已經盡量把工作調整到其他日子，免得突然有工作來攪局，但還是擔心會不會臨時出什麼亂子。

今天中午過後，難得有需要外出的工作。有客戶抱怨系統更新停滯，廣告未能及時刊登，其中一件客訴光是營業人員出面還擺不平。井上由祐做為系統負責人，親自前往位於新宿三丁目的客戶辦公室道歉。對方窗口也沒有破口大罵，似乎覺得既然負責人都登門解釋了，得饒人處且饒人。

與搭乘地下鐵的營業人員道別，徒步走向山手線的新宿站時，經過以前新買雙人床的家具店前面。因為凱洛琳．霍普金斯會來過夜，井上由祐把床換成了雙人床，但是對現在的臥室來說床太大了。雖然井上由祐總是定期提議搬家同居，凱洛琳．霍普金斯的反應卻都不盡理想。這幾個月來，她都會在週末自己跑來井上由祐的公寓過夜，卻沒有更進一步的進展。

回到公司後，井上由祐數著還有多久才下班，滿腦子只想著凱洛琳．霍普金斯。她加入三個反捕鯨團體的工作坊，積極活動，所以井上由祐也疏忽了，但前些日子她說跟同志鬧翻了，總覺得若置之不理，她會突然跑去別的國家。戒掉毒癮過了三年，她已恢復全盛期的美貌，一手端著紅酒，另一手用電腦搜尋資料的姿態，經常讓人看得目不轉睛。這種時候，當她不經意地望向這裡時，我經常會胸口揪緊，甚至忘了自己從十萬年前就一直思慕著她。

不知不覺間下班時間到了，井上由祐小心不和上司松田對上眼，按下打卡系統的下班鍵。避開留下來加班同事們的目光，拎起皮包和大衣離開辦公室。在高田馬場的超市採買她愛吃的加工起司和義大利麵醬調理包，搭西武新宿線回去野方的公寓。她多半在晚上七點到九點之間過來，明知道門鎖著，卻不知為何每次都要先動手轉門把而不是按門鈴，製造出粗魯的聲響。

然而今晚九點都過去了，卻沒聽見她開門的聲音。井上由祐猶豫該不該打電話，這時手中的手機震動起來。低頭一看，是老家的弟弟打電話來。弟弟語速飛快地控訴，不勞井上由祐指出，他也清楚自己是哥哥人生的絆腳石、絕對不原諒他上次回家時瞧不起他的神情等等，很快就掛了電話。以前的話，會彷彿套好招一般，緊接著母親打電話來，叨叨絮絮地述說她的憂心，但今天母親沒有來電。前些日子打電話來時，母親提到父親癌症復發的病情。上次放射線治療成功後，井上由祐幫忙保了一大筆不問病歷都可以加入的保險，所以或許至少在父親病情方面，母親的擔心可以稍平心靜氣了。

回神一看，已經十點多了。凱洛琳・霍普金斯還沒有來，最近從來沒有這種情形。井上由祐煩惱該不該打電話給她，他們並未明言說好每個星期五都要見面，她也沒有義務報告不能過來。如果井上由祐打電話過去，感覺就像一種束縛。但這幾個月來，她每個星期五都一定會來，若是語氣輕鬆地問一聲「妳今天要來嗎？」應該也不至於太過不自然。

忽地，井上由祐覺得這種感覺似曾相識，回想到底是什麼，想到：對了，是約十萬年前的那一次。第一個我，似乎比自己所以為的更要期待尼安德塔少女來訪洞窟。

那是第一個我，克羅馬儂人的時候。我閉關的洞窟是禁地山谷，但禁忌逐漸形同虛設，不知不覺間，有許多同胞在周圍閒晃。很快地，我的同胞發現山谷另一邊有其他種族的人類棲息，漸漸侵蝕了他們的居住地。爆發了幾場衝突，起初僅止於威嚇，但某次死了人，以此為契機，我的同胞對尼安德塔人的聚落發動攻擊，將他們一舉殲滅了。不過，這僅僅是第一周旅程中微不足道的一小步罷了。連文字都還沒有、甚至未能蔓延這整個行星的你們人類，當前連樸素的殘忍都拿來當成原動力，賭上一切、彼此廝殺，必須由應當倖存的一方活下來才行。往後將流下幾萬、幾億人的鮮血，弱者遭到無理力量的宰制，造成無數的苦難，但我明白，這與氾濫的大河濁流沖走一切一樣，是一種自然現象。與無法溝通的夥伴一同攻擊尼安德塔人的聚落時，應該是我還太年輕吧，我終於克制不住，流下了淚水。可憐的你們這些人類。可憐的往後的孩子們，你們接下來將刻劃著漫漫無盡的歷史，而成就的大半皆不過是為更大的災禍做準備，即便如此，仍必須為了下一個可能性賭上一切，血流成河。

為了什麼？當時，我抱著尼安德塔人孩童的小小屍骸，對我的戀人這麼問。在它的盡頭，你們人類究竟能做到什麼？

我並不是想要答案，因為用不著問，你們的終點也都擺在眼前了。然而為什麼呢？那個時候，我無法不呼喊我的戀人，就連我在十萬年前提出的問題，一旦答案出現在眼前，也一定會毫不猶豫地將其踐踏粉碎的、字典中沒有放棄的我可愛到不行的戀人。

我的戀人會用難以讀出感情的眼眸定定地注視著化成碎片的那答案。然後朝我一瞥，不在乎地微微偏頭。一頭秀髮從肩頭流瀉而下。

我終於按捺不住，就要打電話給她。結果就在這一刻，房中響起粗魯轉動門把的聲音。

後記

〈我的戀人〉

塔斯馬尼亞人雖然外貌如同人類，卻在五十年之間，徹底被歐洲移民的處刑戰爭席捲了。

（——H．G．威爾斯《世界大戰》第一章　Google翻譯）

不到三年的時間，翻譯大有進境，現在上網搜尋，看到的會是異於本書序文的文字。我從以前看到的一節，尤其是〈滅絕戰爭〉一文中得到作品的構想，那是什麼時候的事了？是寫作第一部作品〈太陽〉時？還是第二部作品〈行星〉時？或是出道前，創作以發表順序來看是第四部作品的

〈異鄉的友人〉時？

開始動筆寫〈我的戀人〉時，標題是「災禍之子」（災厄の子供）。寫的是世界製造出來的災禍成果——人子，又撒下新的災禍種子的歷史。悲觀地來看，世界史也可以如此詮釋。

但寫到一半左右，我不得不改掉舊標題。因為不知不覺間，我一心一意地敲打著鍵盤，追逐著「我的戀人」的背影。

將光說不練而悲觀的我的世界觀一擊粉碎的「我的戀人」、一直以來支持著我的新潮社的各位，還有各位讀者，謹在此獻上我的感謝。

上田岳弘

（二〇一七年十二月十一日　東京）

異鄉的友人

異郷の友人

吾輩是人。吾輩認為與人有關的一切，都與吾輩息息相關。吾輩尚無姓名。這樣的狀況持續三天後，吾輩被取了「甲哉」這個名字，由於生下吾輩的一對男女，男方代代相傳的姓氏是山上，因此吾輩成了山上甲哉。對於只會呱呱啼哭的吾輩，女方又哄又逗，哺乳餵養，過了一年半左右，吾輩總算能開口說話了。

實不相瞞，過往之事，吾輩也記得一清二楚。比方說在母體的子宮裡，漂浮在那溫暖的羊水之中，自臍帶隨著陣陣脈動送來的滋養液體。四下與其說是黑暗，更是一片稀釋的白，視覺聽覺觸覺等等一切渾然一體，唯有存在於此的感覺，這時大腦總算形成。再更早之前，是感覺器官逐一萌芽，連著將來會長成脊髓的長管的狀態。尚未成熟到能做為人類活動的此階段的記憶，究竟是在哪裡被植入的？吾輩長年細思，仍懵懂不解。更令人不解的，是吾輩還能回溯到更早以前的事。回溯到比身在胎內更早之前，那就是臨終了。亦即所謂前世的記憶。吾輩有時是軍人、有時是學者，也曾是宗教家。沒錯，吾輩多次輪迴轉生。俗話說得好，薑是老的辣，比一般人歷經更多次人生的吾輩，在大部分的生涯中都能嶄露頭角，留名青史。

但此次吾輩想要低調一些。過去吾輩總是在捨我其誰的義務感驅使下，奮不顧身，但這回吾輩想要安於做個無名小卒，度過市井小民的一生。也由於過去的吾輩和眾人的努力，這次吾輩再度誕生的日本社會十分進步，能夠過上安穩的日子。放眼世界，人口直線上升，甚至成為問題。但其他國家由於糧食不足，戰亂頻仍，在窮苦中掙扎，教人心痛。不過嗯，只要小心武器的運用，人類暫且不必擔心滅亡吧。因此吾輩決定割捨自己出類拔萃的部分。這是十八年前，吾輩在兵庫縣明石市就讀國二時所做的決定。換言之，吾輩將輪迴轉世和前世的記憶那些都當做單純的妄想。吾輩如此銘記在心，扮演當代風格的、正派得體的「我」。如此一來，吾輩就能以平凡小市民的身分活下去。

吾輩在網路寫下這些，引來大批冷嘲熱諷：「恭喜克服中二病」、「設定太爛，釣不到人啦」，但吾輩想這也是天經地義。因為姑且不論轉世一事，吾輩還具備天才般的記憶力，前世今生的種種場面，全都歷歷在目地留存腦中。即便闡釋此事，缺乏吾輩這等天資的他人，亦無從理解吧。這項能力也相當便利，即使是漫不經心地經歷的時間，只要在心中默念「想起來」，就能在腦中浮現出與現實分毫不差的影像。吾輩是在多久以前，就發現一般人似乎不具有這種才能的？懶得回想，所以算了，幾乎所有的人都是靠著模糊不清的過往記憶在過日子，搞不好有時連昨天的事都毫無印象。一般人居然能活在如此渾沌不明的狀況之中，吾輩實在佩服之至。

吾輩以無與倫比的記憶力為武器，年少時期成績優秀。只要在考試前隨手翻閱課本或參考書，將記住的內容寫出來，幾乎就能拿到滿分。但有時還是會誤讀題意，或是前世以前學到的歷史、物理、算術等知識有誤。然後讀到高二以後，想要全憑才能走天下，也愈來愈困難了。此外，立志做個平凡小市民的學生時代的吾輩崇尚怠惰，連翻完課本的每一頁都懶，因此成績逐步下滑了。儘管具備如此超凡的才華，吾輩的排名卻只在全國模擬考的剛好中間，實在丟人。不過大學入學考前，終於還是發憤向上。因為吾輩判斷，要過著無可無不可的人生，還是需要一份不算太差的學歷。吾輩埋首翻閱採計的三項考試科目的課本和題庫，烙印腦中，挑戰中心大考和正式考試，順利考上了共報名五間的大學其中一間，入學、普通地享受大學生活、努力求職，最後成功在分店遍布全國的食品批發公司謀得一職。

吾輩從書上看到，當代人平均壽命為八十年左右，因此吾輩總算過完了四分之一。接著，吾輩在一進公司就被分派的東京總公司做了十年後，由於人事異動被調到札幌分店，因此吾輩告別了自出生以來便單方面地受到照顧的山上夫妻，搬進公司提供的札幌公司宿舍。雖是公司宿舍，但據傳是上代社長供二房一家居住的獨棟豪宅，位於札幌知名的高級住宅區宮之森。本來是獨棟洋樓，後來每個房間都裝了衛浴設備，改建為單房公寓使用。總共有八個房間，住了兩名公司前輩。前輩們來幫忙整理行李，吾輩熱情地應酬，打好關係，讓他們以迎新會的名目帶吾輩去薄野的酒店玩了三小時。吾輩在札幌的生活就這樣展開，但很快地，這田園式的悠閒生活便畫下了句點。

山上甲哉

啪啪！有人大力拍我的肩膀。回頭一看，一名男子面露親暱的笑容站在那裡。當時我正在薄野站和札幌站剛好中間的地點等紅綠燈。我和副分店長剛結束和札幌第一老店的百貨公司的生意洽談，正在回程路上。談完生意後，副分店長說要去向商品部的部長打招呼，所以工作還沒做完的我便走出細雪紛飛的街道，走回公司。

拍我肩膀的那名男子穿著灰色大衣，脖子上的金黃色圍巾在整體暗沉的街上格外亮眼。值得一書的是，男子戴著款式復古的紳士帽。他看起來比我年長，但似乎不到「年輕時候戴習慣了，所以外出時不戴帽子就渾身不對勁」的年紀。

男子自信十足地說：

「是我。」

「哦……」

我漫應著，對那張臉卻毫無印象。

「我們見過。」

男子接著說，這時忽然一陣風颳過。金黃色的圍巾揚起，男子按住帽子，遮住了表情，只看見唇上一抹淡淡的微笑。號誌轉綠，五、六名行人同時跨步往前走。年輕小姐交叉手臂，緊緊地攏住大衣前襟，以挑戰強風的前傾姿勢過馬路。都綠燈了還站在原地的只有我和紳士帽男子。就像配合轉強的風勢，雪也變大了。男子說了什麼，但聲音被飛舞的雪吸收，聽不清楚。

「雪好大，我們走吧。」

我把耳朵靠上去，紳士帽男子便這麼說，不待我回應，已逕自往前走去。男子拉的行李箱發出的輪子聲也被雪吸收了。橫撲而來的風，讓金黃色的圍巾像旗幟般拍打著。我跟隨那顏色走去。

走進附近大樓的星巴克，暖氣總算讓人活過來了。雖然照著男子的話跟上來，但我究竟是在哪裡見過他？只要見過一次面，過目不忘的我絕對不可能忘記。但是在這段人生當中累積的資訊足足有三十二年的分量，因此若沒有線索，要從茫茫記憶大海中尋找出來，需要相當的工夫。我回想見過的戴紳士帽的男人，但其中沒有這名男子的臉。男子要我在座位等待，去櫃臺買了咖啡。他遞給我的是中杯咖啡密斯朵。每次我來星巴克都一定點這個，這會是巧合嗎？

「風雪真大呢。」

我們坐的是窗邊座。被厚重的玻璃隔絕的窗外，確實如同男子所說，路燈的光在飛舞的雪中暈染開來，宛如濛濛霧靄。

男子忽地將目光從外頭的風雪拉回來，用攪拌棒攪動著咖啡開口：

「您剛談完生意回來吧？這一帶有很多百貨公司。」

男子說的沒錯，我們剛才是去百貨公司推銷企畫案，要在對方下月舉辦的「東北味覺展」活動中，在特設展區「珍奇名品區」一角販賣東北各縣鮮為人知的糕點。由於年節商戰是往年未見的冷清，因此無論如何都必須設法填補業績才行。副分店長現在應該約出了商品部的田宮部長，努力敲定這檔事。副分店長的說法是，在應酬場子上，我這種乳臭未乾的小子反而礙手礙腳。話說回來，這個人知道我的工作，所以他是業界人士，我猜是競爭企業的人？應該也不是獵人頭公司的人。我們分店包括行政人員在內，總共只有七個人，是個小地方，同事和上司全都彼此認識。

窗戶的厚玻璃也許經過特殊加工，雖然內外溫差劇烈，卻一片透明，完全不起霧。

注視著窗外大雪的男子不知不覺間摘下了帽子。金黃色的圍巾在桌角捲成一團，帽子掛在一旁的行李箱把手上。飛機行李牌的日期是昨天，應該是剛踏上北海道這塊充滿挑戰的大地的外地人。看上去年約四十五歲左右，頭髮不稀薄，但也不豐厚。沒有用造型品，瀏海像乖巧的高中生一樣垂下，但長度不到眉毛。身材不胖也不瘦，臉上沒有油光，反而算乾燥，但從額頭與眉間滲透而出的淡紋，彷彿在訴說男子今生已逝的時光。我懶得從我認識或擦身而過、數量龐大的人當中回憶年紀身材相符者，逐一核對。要是有什麼線索，就可以瞬間連上腦中的記憶了。

我正這麼想，對方剛好就問了：

「我們見過呢。」

「呃，真的很不好意思，那是什麼時候？」

「咦？您不記得嗎？」

「給我一點提示，我應該就可以想起來了，哈哈。」

男子賣關子地盯著我，端起咖啡杯，形式性地含了一口。喉結完全沒動。

「您真的不記得？」

那悠哉的口吻，就像在享受我的反應。

「應該是一時忘了。」

「不不不，或許也難怪吧。人總是健忘的。這麼說的我自己，其實也忘了不少。」

男子這麼說，但這話完全不適用於我。因為不光意識，連只要一度倒映在視網膜的影像，都會永遠鮮明地儲藏在我的腦中。不過也因為擁有精細且龐大的記憶，沒辦法一時掌握全部。就如同一般人一樣，我必須逐一尋找、回想特定的記憶。要找到有用的資訊，更多時候反而煞費工夫，因此經常陷入現在這樣的窘境，教人沒轍。

「對了，」男子想到似的說，「您有沒有這樣的經驗？腦中有著應該不曾經歷過的風景。那實在是太鮮明了，真實到幾乎就像現實。然而那確實不是自己的親身經歷，就彷彿硬被插進腦中的記憶。您有沒有這樣的經驗？」

被強制插入不斷累積的記憶，應該確實與我無關的別人的體驗。他怎麼會知道？這不是只有我才會知道的事嗎？我定睛端詳男子。難不成，見過這個人的不是山上甲哉，而是男子指出的記憶中發生的事？掠過腦際的這個想法，讓我茫然了半晌。男子再次望向窗外。

暴風雪沒有要停歇的樣子。

J

J原本生長在形狀有如四國的澳洲。父親是一名成功的舞臺導演，母親是女演員，由於兩人過著藝術家的流浪生活，因此他的孩提時代都在各地輾轉遷徙。J顯然經歷過比一般人更多的邂逅與離別。雖然不是孤高的一匹狼，但也不是特別熱心助人，然而不管在任何地方，J都能吸引眾人。也許因為他稱得上是美男子，擁有受人喜愛的金髮碧眼外貌。

我把這個分明不是我而認識的主體稱為J。J和我一樣活在現在，記憶分秒累積著。我擁有前世的記憶，宛如一艘船航過自古至今的時間汪洋——我有著這樣的妄想，但是在現在的我龐大的記憶之中，卻有著怎麼想都不屬於我的記憶。我是在某一天突然發現這件事的，我未曾行經的航線、甚至不是前世記憶的他者的人生記憶。別人怎麼會知道這件事？世上的不可思議，真是無窮無盡。

少年時期的J活潑向上，也是個理想主義者。尤其對那些以出眾力量蠻橫地扭曲他人意志的人，J絕對不會放過。譬如說，有個受歡迎的男孩，總是用可以解讀為玩鬧的手法，長期霸凌另一個孩子，而J在上課中突然撲上去揍他，把他打到連叫都叫不出聲，用這種他能想到的最偏激有效的手段，削弱男孩的影響力。為何想這麼做，J自己也說不上來，「為了正義」這種理由，也無法說服他童稚的心。首先，什麼叫正義？正義是我能決定的嗎？哈哈哈，少扯了。魯莽地挑戰男孩，並不是為了彰顯正義，硬要說的話，應該是這樣的衝動：「我要讓你認清，你根本就不怎麼得人心，這世上是有嚇死你的怪物級超人的，你根本就只是個小角色，會這樣眾目睽睽地在課堂上被我這種體格普通的孩子打爆，連一聲都吭不出來。」放縱這樣的衝動、成長茁壯的J，在十六歲時成了一個高明的駭客。

讀高中的J順從無以名狀的欲望，敲打鍵盤。在URL輸入命令行，一次又一次胡亂敲擊伺服器。猜想目錄結構，追蹤建構伺服器的人或每天維護的人的思考模式。J侵入當地報社的伺服器，挖到記者們用來儲存資料的私人檔案夾，全都是不值得上報的內容，文字也很粗糙。漁獲量的變遷、當地吉祥物的誕生祕辛、政策利率和就業統計的關聯。J仔細讀過每一篇，即使對內容不感興趣，但閱讀未問世的未完成文章，這樣的行為不知為何讓Ｊ興奮不已。找到某篇文章，Ｊ更加激動了，是揭露當地銀行對Ｊ就讀的高中進行非法融資的內容。報導中說，銀行訂下非法的高利率，當成回扣送進高中財務負責人的口袋。不知道是從哪裡弄來的，甚至有明細影本。Ｊ把報社壓下來的那篇報導存進自己的電腦，接著侵入高中官網，把下載連結貼在首頁。發生在雪梨市名校的這起事件，被首都小報記者注意到，做出深入報導，揭弊功臣的駭客少年還登上了英語圈的電視節目，Ｊ以匿名少年的身分小小地出了名。

到了即將從高中畢業的年紀，Ｊ申請並通過了美國富豪提供的外國人獎學金，然後離開生長的澳洲，進入北美大陸西岸的史丹佛大學就讀。Ｊ與充滿成功欲和性欲的青年們相處，學會了社交手腕。他也發現遺傳自母親的俊美五官只要露出寂寞的笑，就能擄獲女人的芳心。Ｊ和成天追著女人屁股跑的同學混在一起，頗為享受自甘墮落的大學生活。雖然第二年就失去了獎學金資格，但經濟上無憂無慮。憑著Ｊ的駭客本領，西岸有太多門路可以找到仲介人介紹見不得光的賺錢差事。不知不覺間，J離開澳洲十年了。

山上甲哉

可以連上他人的意識，對我來說，也是今生第一次遇到的現象。隨時更新的記憶極為鮮明，在這方面，與我自身的意識毫無差異，但經驗那些事的完全是J。J做著J自己，憑我的意志，連J的一根小指頭都操縱不了。

身在札幌星巴克的我會開始挖掘J的記憶，是基於某個猜測。坐在對面的陌生男子，從容地望著窗外的風雪，或許，見過這個人的不是我，而是J？可是想到這裡，又覺得這太荒謬了，不可能。就算J認識這個人，也不能說這個人就認識我。

「我的臉上有東西嗎？」

男子說。並且沒有不開心的樣子。

「您時間沒問題嗎？」

「嗯……」我應著，男子嘴角浮現笑意，就像在打趣。

「那麼，要再想一下嗎？」

他說，啜了一口咖啡，又望向窗外。時間流逝得極為緩慢。店內客人完全沒有流動，也沒有新的客人入內。人們的話聲就如同以一定的節奏靠近又遠離的平靜波浪，綿延不絕。外頭還是一樣颳著風雪。橫豎暫時都得困在這裡了。

仔細觀察，男子的眼睛是分明的雙眼皮。眼上的眉毛極短。在我自身的人生當中，果然從來沒有遇過這種長相的人。就算只是擦身而過，我也絕對想得起來。男子說「彷彿硬被插進腦中的記憶」。這句故弄玄虛的話，實在教人好奇。

S

老實說，除了J以外，還有另一個一樣的人。為了與J區隔，基於方便，我稱他為S。S也和J一樣，活在與我相同的時間。具體來說，二〇一一年二月二十一日十七時三十二分的現在，S正帶著自己的信徒，走過與渡假飯店相鄰的回遊式庭園，望向設計於裸露混凝土牆面上的時鐘。雖然時鐘映入眼簾，但S並不想知道時間。

相較於J，S的日常相當瘋狂。S所在之地，是日本關西的淡路島。S生長的家，是建於明治元年的木造平房，位在伊弉諾神宮附近。伊弉諾神宮過去於臺灣、朝鮮、中國都有分社，在歷經那場痛苦的敗戰之後，許多地方都廢社了，這裡是現存的伊弉諾神宮之一。一九九五年的阪神・淡路大地震劇烈的天搖地動當中，鳥居倒塌，但很快又重建。

S是某個教團的教祖。教團於一九九一年以S為開祖所創設，由於S

預言了一九九五年發生的阪神．淡路大地震，信徒呈爆炸式成長。地震即將發生前，S透過教團，宣告此地一週內即將發生大地震，指示住在老房子的人一定要睡在二樓。虔誠的信徒聽從教祖的指示，有些人住家幾乎全毀，家人卻只受了輕傷。這場大地震造成全島六十二人死亡。S為罹難者進行鎮魂祈禱，同時為了教團的影響力不及神戶市，導致神戶市出現大量死傷者而懊惱。但教祖S也自覺到自己的力量至多只能保護一座小島。出現六十二名罹難者，令人心痛，但如果沒有自己的直覺，這座島上的犧牲者或許會達十倍之多。

S的神跡傳遍全島，教團的威信扶搖直上，但是在淡路一帶，還有另一個在大地震後迅速擴大勢力的團體。那是沒有房屋，生活在被和歌山、德島及淡路島包圍的海域「紀伊水道」的船上海盜團。沒有船隻裝備的兵庫縣警請求海上保安廳協助，發動聯合驅逐作戰，卻苦無成效。不僅如此，大地震後，尤其是年輕人，希望入團的人不絕於途，其勢力日漸擴大。但大多數的島民和S的教團或海盜都是無關的，尤其是在連結本州和淡路島的明石海峽大橋完成後遷住進來，主要在神戶上班的上班族及其家人，甚至不知道有這兩大勢力。也許是以新興宗教和海盜為恥，一般島民之間，是不會聊起他們的。

「我想請大師開釋，淡路統一是否會實現？」

S的信徒早乙女問道。這段記憶，是距今約六年半，二〇〇四年六月某一天的事。兩人所在之處，是淡路威士汀酒店後方，安藤忠雄於山坡上設計得宛如明亮廢墟的庭園。S現在依然喜歡在這處命名為「百段苑」、就像立體迷宮的庭園散步。早乙女是在請教S淡路島的平成大合併問題。站在教團的立場，對於這類左右島嶼未來的重要事務，一定要做出發言才行。目前民意傾向於全島分割統合為三個市，但仍有許多人支持淡路一市運動，教團內部意見也相當分歧。

早乙女是淡路島人。地震前，他私下計畫前往美國西岸某高中留學，地震隔年便前往美國。「我並非抱有什麼明確的目的而前往美國。」早乙女在初會時對S說。當時望著S的，是沒有深度也沒有亮度的漆黑眼睛。進入史丹佛大學的早乙女，在第一年獲得了最傑出亞洲學生的成績。他的英語發音也很標準，應該有辦法在畢業後留下來找份不錯的工作，定居在西岸。然而大學畢業後，早乙女也沒有特別的展望，返回了故鄉。二十二歲的早乙女想起赴美前也曾聽說的某個教團，決定來找S談談。

只要是運用頭腦的領域，應該幾乎沒有我辦不到的事，但我也沒有特別想做的事——早乙女對S說。或許是因為我沒有心，不，我覺得主張自己有心的人很不公平。只要出於必要，我覺得我甚至可以殺人。不，甚至和有沒有必要無關。我——

「我應該成為你的信徒嗎？」

「這應該由你決定。」

早乙女無法決定是否當天就入教，就這樣回去，關在和母親同住的老家自己的房間裡不斷思考。他無意識地打開熟悉的電腦。在史丹佛大學的「極客」（geek）之間，早乙女的程式能力也以出類拔萃的速度和精確度為傲。對早乙女來說，敲打鍵盤就近似內省。自己想要做出什麼？這個程式的目的是什麼？將輸出的結果放進別的處理程序，把藉此得到的結果再放進別的處理程序。下一個處理，再下一個處理，如此便完成了單純不斷進行處理的東西。

整整兩天埋首 Coding 的早乙女完成的，是一個宏大的程式。將問題輸入對話框，文字列就會依據特定的分配，變換成數字和英文字母的組合。比方說，平假名「あ」的 Unicode 是「U＋3042」，但電腦變換文字和符號的編碼系統似乎有許多個。早乙女的程式中，會亂數採用其中一個系統，完成的編碼資訊會被更進一步打亂，然後從網路上找到最接近藉此得到的編碼的網址。從該網站的頁面開頭撿出所需數量的文字，再次變換成編碼。另外，必須先選擇結果欄要顯示的答案形式，比方說 YES／NO、複數選項、時間或座標等等。這些答案，也和輸入對話框的文字列同時進行相同的處理。最後，編碼最接近發問的編碼資訊的答案會被選擇。也就是說，這就類似一種巨大的神籤程式。

早乙女在對話框輸入：

「我應該加入教團嗎？」

答案結果類型選擇「YES／NO」，按下執行鍵。

電腦螢幕上大大地顯示：

YES。

就這樣，早乙女成了S的信徒。

山上甲哉

吾輩許久前便十分看好網路這種技術，當時懷抱著也許這遼闊的世界裡，至少會有一個吾輩同類的希望，在匿名論壇「2ch」開了個話題串「擁有前世記憶的我，現在還被插入了別人的記憶，以下開放發問」。可是沒有半個人當真，只被當成了瘋言瘋語，真教吾輩黯然神傷。只要透過網路，無論是全世界任何語言，一切具備能建構文章的智能的生命體，都可以發出資訊。吾輩期盼當所有人的想法都能徹底交流的時候，或許一切就能豁然開朗。一段生命結束後，又繼續下一段生命，這種意識綿延不絕的存在，亦即吾輩的同類，是否還有別人？

總之，當吾輩以腦中的一部分專注於S的意識，就會並行得知S每一個時刻的經驗。就像在觀看未經剪輯的電影一樣。S的人生片段記憶就這樣逐漸累積。怎麼會發生如此匪夷所思的事，吾輩完全不明白。光是逐一記得不斷轉生見聞之事，就快教人應付不來了，現在卻連別人的意識和記憶都跑進來了，這到底是教吾輩如何是好？還沒完。老實說，S也有類似吾輩的地方。S似乎能感知到每一名信徒的意識。S雖然明確地認識到自己是S，但大部分的時間裡，都是進入某一名信徒的內在度過。儘管並未親眼看到，他卻記得眾信徒的經歷。S能夠凝聚淡路島民的信仰，這份力量，肯定極為關鍵。結果吾輩透過S，連上了三萬多名信徒的意識和記憶。

總覺得腦袋又熱又沉，我撫摸脖子後方。已經糊成一團了。狀況超越我處理能力的極限，實在不可能掌握一切。說起來，淡路島是那樣一塊宛如異境的土地嗎？還說什麼紀伊水道有海盜盤踞？

「是心理作用。」

這是我自身的記憶。我去找為數不多、能毫無顧忌地坦白一切的精神科醫師談話時，表情老像在憋笑的四十多歲醫師這麼說。

「因為喏，」

醫師觸摸桌上的筆電，把螢幕轉向我。瀏覽器開啟，顯示 Google 搜尋結果。搜尋欄裡的關鍵字是「淡路島　教團」。我隨機掃視約十個搜尋結果網頁，但沒有任何S記憶中的教團資訊。紀伊水道的海盜也是一樣。

「如果真的有你說的教團或海盜，網路上不可能找不到任何蛛絲馬跡。」醫師說，將筆電拉回手邊。

「說得沒錯。」我說。「那麼，我的這些記憶，只是心理作用嗎？」

「是的。你和你的家人，包括朋友在內，都沒有人和淡路島有關吧？」

「嗯，沒有。」

「那麼，應該可以當成是你豐富的想像力編造出來的虛幻情節。」

「那，J的記憶也是嗎？」

「呃，那個J是住在你從未去過、也沒有預定要去的美國吧？那個人應該也一樣。」醫師氣定神閒地說。

「我以為自己有前世的記憶，那也是心理作用嗎？」

「關於你的前世記憶，我想再多了解一點。」

「這會是什麼病嗎？」

「沒必要想得這麼嚴重。」醫師定定地看著我的眼睛說。

就像要協助醫師診斷病狀一般，吾輩回想起身為榮格時的事。現今的精神醫療不是繼承吾輩，而是依循吾輩的老師佛洛伊德的流派發展。而現在佛洛伊德也已經沒落，主流做法是將精神視為物質分析，藉由藥物使其恢復正常，但這或許要歸咎於吾輩與佛洛伊德的決裂。記得事情發生在前往美國的船上，精神醫療尚不發達的當時，它的未來背負在我們身上，我們討論得太激烈，吾輩過度強烈地否定了老師的理論。怎麼說，吾輩認為老師的想法，太過將大腦的每一個部位安上特定功能了。總得保留一些餘白，才能觸及實相，不是嗎？話說回來，吾輩與佛洛伊德之所以決裂，都是因為吾輩那句否定一切的：「什麼Libido*4，白痴啊？」如今吾輩相當後悔，對方是長我二十歲以上的大前輩，我應該更尊師重道一些的。

聽到我的這段過往，醫師變成了一副不適合那張愛笑臉的不愉快表情。儘管對醫師懷有若干反感，但內心依然渴望求助而傾吐煩惱的病患——做為基本禮貌，我一直小心維持這樣的醫病關係，但是搬出佛洛伊德，似乎完全踩線了。醫師八成這麼想：「這個人根本完全正常，看醫生就只是為了嘲弄精神科醫師。」

4 譯注：音譯「力必多」中文譯為「欲力」或「性衝動」等，為佛洛伊德的主張，認為其是人本能的欲望和動機來源。

可是並不是這樣的。我無論如何都需要一個能夠毫無隱瞞、開誠布公的傾訴對象，所以才會來投靠這位醫生。我真心希望自己單純是得了精神疾病。身為榮格的時候，我之所以耗費一輩子分析深層心理，應該也是出於相同的理由。在下一段人生開始前總會經過的空間，沒有任何黑暗，是模糊的光聚集的白色空間，意識那一瞬間的斷絕，就是回歸於無的瞬間嗎？榮格命名為「集體潛意識」的這個詞彙所指稱的意義，與我想像的事物相吻合嗎？術語不脛而走，在周邊被賦與過大的意義。即使如此仍無法解釋的剩下的核心部分，很快就被當成不足取的神祕學，棄之不顧。

為何我是這個樣子，恐怕窮盡一生都不可能明白吧。但我以外的人，也實在不可能充分理解某天自覺到的時候，已存在於這個世間，然後不到百年便死去的狀況。他們就只是多數派而已。若說我這種狀態是生病，那麼其他人就不是病嗎？

「生命就是物質所罹患的疾病。」

我這麼說。醫師默不吭聲，把玩著插在白袍胸袋的鋼筆還是原子筆頭，唇角朝兩邊拉開，做出不自然的笑容。

生命就是物質所罹患的疾病，說得很像什麼名言，但說過這句話的人，吾輩當下就能想到兩個人。一個是佛教的始祖悉達多，以及日本軍人石原莞爾。吾輩為悉達多的愛徒之一，總是圍著師父散步，親耳聆聽師父這話。至於石原莞爾，說認識有些語病，其實石原莞爾就是吾輩。換言之，吾輩在過去也曾陷入在醫師面前吐露此言的相同心情，做出一樣的發言，因而喟嘆不已。

J

他人的意識流灌進來，是從我國二的時候開始的。這種情形就發生在我決定將輪迴轉世和前世的記憶當成單純的妄想那個時期。由於我才剛妥協要當個平凡幸福的日本兒童，因此極為不知所措，也覺得實在沒辦法應付這樣的人生了。當時我正值青春期，我的父母山上夫妻看顧著關在房間裡不理人的我，一定認為我進入叛逆期了吧。但是在窺看J與S的意識的過程中，我開始覺得性情與自己截然不同的別人的想法十分有趣。現在我則是意外地享受貼近這兩人的意識。

J比我小兩歲，另一個S年紀則不清楚。S從來沒有在意過自己年紀的樣子。從化妝前倒映在鏡中的容貌來看，S比J或我年長十歲左右。J與S截然相反，對於成長有著過度的焦慮，老是覺得自己比別人慢了一步。他從少年時期就有這種傾向，習慣性地拿自己跟名人比較。比較的對象多采多姿，楚門・卡波提、湯姆・約克、比爾・蓋茲等都是。基於對他們分不清是競爭還是嫉妒的心理，J會想「那傢伙從十六歲就已經開始賺大錢」，或「他十八歲就得到震驚世界的大發現靈感」，而自卑鬱悶。

反觀自己，又是如何？若要評論自己，說穿了就只是個立過小功的過氣駭客少年，而現在更只是個賺小錢的小混混，哈哈。倒映在黑掉的螢幕上的臉露出自嘲的笑容，J更加鬱悶了。或許我本來可以成為偉人的。我比別人更聰明，亦深諳世事道理，所以雖然懲治了自以為是的傲慢傢伙們，也沒有遭到嚴酷的報復。但這樣的我現在又是什麼德行？太難看了。慌亂的J發現自己無意識間手又要伸向邊櫃盛著威士忌的醒酒器，使勁握住拳頭。

不行，再繼續這樣下去，我會淪為不折不扣的小混混。渾渾噩噩地喝酒，泡根本不喜歡的馬子，一眨眼就成了老頭子。過去我打從心底瞧不起的大學那些富家大少們，現在已成了年輕建制派，日夜苦幹工作。大白天就可以不受拘束地自由喝酒，這一直讓J感到優越。我跟他們不一樣。但這樣的時期老早就過去了。比起那些大少爺，我才是又傻又天真。J抓住醒酒瓶的瓶頸，奮力砸向流理臺。然後將裝飾在架上琳琅滿目的利口酒、紅酒、白蘭地等一瓶接著一瓶倒進流理臺。君度、龐貝藍鑽琴酒、皇家芝華士散發出濃醇香氣流掉，J順勢「波」一聲拔開砸大錢買來的高級酒瓶塞。看著咕嘟咕嘟將水槽染成紅色的第一樂章紅葡萄酒，J思考了。非力挽狂瀾不可，否則過往的自己簡直像個蠢蛋。那些競相在臉書披露幼稚園表演會般每一天活動的大少爺們，有一半都順利踏上青雲之路。客觀來看，比起自己這種賺小錢的駭客，他們更高檔多了。

J回到書桌，從社群媒體查看認識的人的近況。他想起在大學唯一認真投入的軟體工程學作業裡，好幾次拿到比J更好成績的同學。那名總是一臉陰沉、個頭嬌小的日本人雖然缺乏職業人士的發想能力，卻能以壓倒性的速度與精確度處理程式語言。他們在兩人一組的實習中搭檔過一次，J和那名日本人早乙女吵過架。J雖然宿醉，卻在短短一小時內完成了把商業運用的影音發布系統效率提升二%的功課。所有的同學都佩服不已，卻只有早乙女指出J改寫的 CODE 哪裡糟糕，「不要寫出這麼醜的

CODE。看到這種不正確的排列，我就渾身不舒服。」早乙女說，拿掉J的CODE，恢復原狀，對著約十幾處進行了細微修正。光是這樣，運作效率就更進一步提升了。那傢伙現在在做什麼？J好奇起來，在臉書搜尋早乙女的名字，卻沒有任何結果。他找到其他好幾個阿宅同學，他們現在也都從事看起來遠比駭客更高檔的職業。你想要人家覺得你高檔嗎？J自問，可悲的是，答案是YES。

J拿起丟在床頭櫃的iPhone，把女人的連絡資料一口氣刪光。比起倒酒的時候，猶豫的次數多了許多。每次刪除，腦中就會閃過和該名女子繾綣的場面，J莫名興奮起來。全部刪完的時候，感覺額葉也麻痺了，J躺倒在床上。昨天灌入體內的酒已經一點不剩了，他感到非常鎮定、平靜。外頭傳來鳥啼聲。

好了，J心想。重新來過，好了，這下我要做什麼？

沒有答案。J發現心胸萌生模糊的不安。不，其實並不是現在才冒出來的不安，只是想起來了而已。或許就是為了躲避這股不安，J才會儘管自貶為小壞蛋，卻長達十年甘於過這樣的生活。如果要用言語來表達這股不安，那就是：

世上是不是已經沒有我應該要做的事了？

S

S在庭園階梯頂端的高臺等待信徒。位於也成為復興象徵的「淡路夢舞臺」一區的這座庭園，由一百區的梯田狀花圃所構成，觀光淡季的冬天沒什麼訪客。這個時期，S經常在此處處理教團事務。穿著羽絨衣，氣喘吁吁到來的信徒，是一名年輕男子。二十二歲，姓片山，前些日子片山才在意外中失去父親。

S以整裝時用胭脂勾勒眼梢的雙眼瞥見下方的片山。幾年前開始，S

為了建立教祖的權威，佩戴起信徒名倉準備的「戀人的襦袢[*5]」、「太陽之冠」、「行星之笏」這三樣神器。盛裝時總是臉上抹粉，身穿長衣襬的朱色和服，頭上戴著彷彿以純金絲在空中編織而成的頭冠，右手持附青球的笏。看見以這副打扮滑步前行的S，百段苑的觀光客都會竊竊私語這是什麼表演活動的預演嗎？由於S習慣性地拜訪淡路夢舞臺的回遊式庭園，因此這幕情景被人目擊過許多次。片山來到附近，S便拖曳著厚重的和服外袍下露出的戀人的襦袢，緩緩轉身，遙望南方。從S所在的地點看不見，但那個方位有呈勾玉形狀的沼島——傳說中兩尊天神拉起攪動大海的巨矛，由滴下的海水形成的島嶼。S認為沼島就是日本神話中天神所創的第一座島——淤能碁呂島。伊邪那岐與伊邪那美就是從兩側繞過那座島嶼東邊的「上立神岩」，完成婚禮。

5 譯注：襦袢為和服底下的襯衣。

附帶一提，做為主要向淡路島島民傳教的教團，對外他們採取另一種說法。實際上，沼島鬱蒼的後山有一座「淤能碁呂神社」，但淡路島的南淡路市的「淤能碁呂島神社」前立有一座巨大的鳥居。神話中的淤能碁呂島，候補地點除了淡路島以外，似乎還有繪島、成島等許多島嶼。站在教團的角度，採取「淤能碁呂島是淡路島」這種模糊的立場較為妥當，若是住在沼島的少數信徒抗議的話，就回答：「沼島應該才是第一個形成的土地。實不相瞞，教祖就是沼島出身。」感覺很隨便。

S告訴信徒的日本國生神話與眾不同。是將《古事記》和《日本書紀》改編一番，或者說畫蛇添足一番。我透過S的記憶，知道那是基於S自身在沼島的體驗。S很難得回顧過去，卻唯獨這件事，他經常想起。事情發生在S尚不滿十歲的孩提時代，他一個人從淡路本島的土生港搭上火車，前往沼島的祖父家過暑假。某天，S去島上的學校玩，決定就這樣沿著一條到底的路走下去。林道有著和緩的傾斜，上坡之後，連著差不多長的下坡，最後走到了島的另一側。穿出樹林後，前方斷崖有條羊腸山徑，下方是一塊宛如刺向大海的奇岩，那就是「上立神岩」。

當時的S還不知道日本神話，也不知道這塊岩石據傳就是神話中的「天之御柱」。即使如此，看到上立神岩的S，童稚的心靈仍得到了強烈的靈妙感應。確實，我也認為留在S記憶中的沼島南岸景觀，是會帶給觀者強烈印象的奇景。少年S在這時初次意識到所謂的世界，那是超越自身周圍、國家、行星等領域，被知覺到的無邊無垠。S所受到的靈妙感應，或許不只日本神話，而是自神話成立前就已存在的、近似直覺的感覺。這個世界觀，確實就是S的原初風景。

另一天，S坐在本島唯一的港口碼頭。除了夏季觀光客零星走動以外，大人都在港口附近工作。這時，一個正要解開小漁船船纜的漁夫對S說：「沒半個觀光客要坐船，我要去釣魚了，你要來嗎？」S沒看過這個大叔，但大叔完全融入這個悠哉的島嶼，因此S對他毫無戒心。大叔用小船載著S前往的地方，就是「上立神岩」旁邊的「編立岩*6」。大叔爬上嶙峋的岩地，開始磯釣，S就在他旁邊，在極近的地方觀看上立神岩。上鉤的魚一條接著一條丟進打開的冰桶裡。散布在沼島周邊海岸的礁岩，當地話似乎叫「巴耶」。大叔得意地說，他幾年前在島上當嚮導，不只是釣魚的祕密好去處，關於這些礁岩的傳說，他也是島上最清楚的。舉起釣竿，捲起捲線器，再次揮竿甩出釣鉤，大叔釣客說起上立神岩的日本神話。

開天闢地之後，沒有性別的諸神誕生，後來生出了四組男女成對的神。最後誕生的，是男神伊邪那岐和女神伊邪那美這兩尊神，二神降臨在這塊上立神岩。被上天授予「天沼矛」的伊邪那岐和伊邪那美，合力以巨

6　譯注：日文為「アミタテバエ」（amitatebae）。

矛攪動大海，打造國土。

「然後第一個做出來的，就是這座沼島。也有說法是整個淡路。接下來做出四國和本州，還有其他許許多多的神。」釣客眼睛緊盯著浮標說著。

「只有兩個神嗎？沒有其他的神嗎？」少年S問，浮標激烈沉浮，就像在回應。釣客用力舉起釣竿，讓釣鉤勾進似乎咬住了魚餌的魚嘴。

「有啊，有啊。」顯然是隨口漫應，「另一個神叫他們別搞了，可是男人和女人，一開始做就停不下來了。被撇到一邊的神掉進海裡，被攪動的矛攪得四分五裂。」

少年S已經不再看釣客了。他站在被奇岩圍繞的礁岩之一，凝目注視著海面的泡沫。腦中浮現的，是被巨矛攪斷的神明身體碎塊，如水草般冒出氣泡的景象。

站在百段苑頂端的S望向南方，將沼島的心象風景重疊其上。信徒片山就坐在S腳下的花圃，不停地搓揉凍僵的手。片山沉重地述說自己的事。父親離世，他不知道應該要多悲傷才對。死者經常動手打母親，原以為得知父親的死訊，自己會慶幸活該，卻也沒有。母親哭了。

向人傾吐煩惱而如釋重負的經驗我也有過，但S是否是個合適的傾吐對象，我大打疑問。現在S也只是聽著而已，對片山的話半點共鳴也沒有。明明也能進入片山的意識，但S似乎也不打算這麼做。S這個人總是不用腦思考，大半都是輕巧地衝浪一般，浮掠地巡視眾多信徒的意識。但他會突然口出金言，也不曉得那些話是打哪冒出來的，這個時候也是。

「終有一日，會發生**大再現**。第三之神素津那岐美*[7]將會重生。屆

7 譯注：日文為スツナキミノミコト（SUTSUNAMKIMI NO MIKOTO），為虛構的日本神明。

時，你對父親的敵意與依戀，都將變得微不足道。」

所謂**大再現**，似乎是教團的終末論概念，是S經常對信徒提到的詞彙之一。但我懷疑，S本身是否根本也不清楚理解**大再現**具體來說是怎麼回事。不過，S本身從**大再現**一詞所想像的景象，和他在少年時期看到的情景是一致的。散布著素津那岐美四分五裂的身體組織的全世界大海。海水妖異地冒泡，四散的身體組織凝聚至一處，素津那岐美復又重生。

「我們——我該如何活下去才好？」

片山站起來仰望S。

「遺忘。儘管知道**大再現**將會發生，仍要徹底遺忘。唯有如此，我們才能正確地迎接**大再現**。」

「明知道卻遺忘，這有辦法做到嗎？」

「有。」

S威嚴十足地斷定說。S確實似乎做得到，他像這樣和片山交談著，那些話說出口就忘光了。稍一不留神，搞不好S會忘了眼前這名男子是自己的信徒，自己是教祖，甚至連自己是S都忘了。這時，S忽地將鋪綿外袍從肩上脫卸下來，從懷裡取出形似一串葡萄的鈴鐺。

「**大再現**降臨時，」

S甩動著朱色襦袢的衣襬，朗朗詠唱曼舞。

賢與愚、
長與幼、
生與死、
夢幻與現實、
謊言與真實、
高與低、
剎那與永恆，

在所有的一切當中，

沒錯，在所有的一切當中加入空無的人，將會降臨。

信徒不會膜拜，也不會祈禱。教團排除這類形式活動。片山整個人陶陶然，宛如看見了什麼耀眼奪目之物。

「然後，時間回歸原初，僅存最初誕生的淡路這裡。三尊天神所進行的國生時代，將會重現。」

S教誨地說完，結束舞蹈。二〇〇六年想到要為S製作服裝的名倉，靠著在南淡路的淡路人偶劇團彈三味線的妹妹的門路，委託日本舞踊的服裝師製作服裝。為了明確傳達心中的意象，他委託時說「希望製作太陽神天照大神的服裝」。契機是當時名倉聽到有一場舞臺表演口碑載道，又是以和教義密切相關的日本神話為題材，因此親赴京都去看戲。當代首屈一指的歌舞伎男旦所飾演的天照大神，讓名倉感動不忘，將S理想的形貌重疊上去了。

從年輕的片山深受感動的模樣，想來S穿著那身服飾的舞蹈，是一場頗能打動人心的表演。舞蹈期間，S依然腦袋空空，然而話語卻能自行脫口而出，以教祖身分對片山諭示。真是方便。

「因此我們儘管聰慧，卻要保持愚昧。必須有一顆童稚卻老成的心。知悉一切的同時，又必須遺忘一切。這就是『加入空無』。」

為了不妄加解釋S所說的話，片山的腦袋瞬間打結了一下。S現在窺覷了片山這樣的意識。教祖的話帶來神妙的空氣震動，撩撥耳膜，其真意滲透全身——片山想要這麼去想，卻失敗了。他想知道意思。這是一種預言嗎？會發生**大再現**，只有這座島留下，這是一種比喻嗎？或者真的只有淡路島會留下，其餘的大地轟然崩裂，沉入大海，回歸原初的渾沌？或是甚至連大海都不剩，茫茫虛空中只留下淡路島？

J

J從客廳看著窗外的泳池，等著電話。傍晚開始有些起風。水面泛著漣漪，太陽投射的橘紅色線條逐漸失去亮度。J等著指令下來，焦慮煩躁難辨的感受讓神經繃緊。兩天前，J告訴佩隆他想脫離組織。佩隆只是連絡人，無法作主。但J有時覺得佩隆就宛如組織的中樞幹部。聽到J想要金盆洗手，佩隆沉默片刻，J也較勁似的緊握iPhone不語。以隱約的街道雜沓聲為背景，佩隆只應了一聲「我知道了」，掛了電話，接著十分鐘後，手機再次響了。佩隆說，接下來會針對你的**最後一票**進行討論。

「你賺了不少。」

佩隆最後說，掛了電話。

J確實賺了不少。J的資產額，和山上甲哉相差了三位數。佩隆是想要表達，因為賺得多，若想金盆洗手，為組織奉獻的最後一票自然特別棘手嗎？J尋思著。脫離組織是辦得到的。以這類組織來說，J所屬的這個組織算十分寬容吧，但是有門檻，他聽說過「最後一票」極為艱難。他們到底會派他去做什麼？會是牽涉到人命的事嗎？並非不可能。不，反倒是至少也得逼他做這麼骯髒的事，才能封住他的嘴，為組織保密吧？J解除電腦睡眠狀態，開啟郵件軟體，按下更新鍵。這是他的習慣性動作了，收到的幾乎都是垃圾信件。逃過進垃圾桶命運的郵件不到兩成。J粗略地分類的郵件當中，也有來自我的信。

我會開始寄信給J，是為了確定任意插進我的腦袋的J的記憶到底是什麼？我先在J打開電腦郵件軟體的時候，用日語只輸入「你好」傳送過去。J的電腦確實收到了這封信，但J沒理會我的寒暄。後來我也多次在J檢查郵件的時候，傳送簡單的日文過去，但他完全不理。不知何時開始，我寫長信寄給J，當做抒發情緒的日記。若說目的是為了讓他知道這種宛如電話串音的狀況，那是騙人的。因為我是用J看不懂的日文寫過去。我無法克制對窺覷意識的對象的好奇心，但又不想真的和本人在現實中發生關聯，否則會遠離我想過著平凡人生的目的。連我自己都覺得這種行為真是不乾不脆。

就在這一刻，J正把我傳過去的最新信件，和其他信件一起送進垃圾桶裡。是我針對S詠唱的**大再現**的套語的感想。寄件人欄可以清楚地看到山上甲哉的電子信箱，我得到了渺小的滿足。我的行為與J的世界確實息息相關。

J已耽溺在思考當中，組織這東西——是複數的人，有些情況是以數億人的規模聚集在一起，彼此彌補不足的部分。國家、政治團體、宗教團體、企業，人真的熱愛形成各種組織。我向來與這類事物保持距離，卻也無法完全當個不沾鍋，我亦隸屬形形色色的組織。國家、地區、網路社群，以及正在商討我最後一票的瘋狂組織。電話怎麼還沒來？好想喝酒。

晚上十點剛過不久，電話終於響了。J確認 iPhone 螢幕的來電顯示

「P」，接起電話。J自以為並不緊張，但也許是等得太久了，他自覺整個人變得極為敏銳。佩隆以他一貫的開門見山說：「工作決定了。」J應了聲「嗯」，催促下文。

「你要去我接下來說的地點，見某個男人。」

「這樣。」J回應。他佯裝滿不在乎，但腦袋正全速運轉。去見人？我的賣點是駭客技術，組織從來沒有叫我做過不用電腦的工作。最後一票果然是特別的？不是比喻，或許真的必須弄髒這雙手。

「工作內容是什麼？」

「那個人會告訴你。」

就算追問，也沒辦法從佩隆口中得到答案吧。也有可能他根本不知道，這個人只不過是連絡人。J看著 Google Map 輸入佩隆說的地址，先掛了電話。聖荷西的市中心？讀大學的時候，他經常從生活圈的帕羅奧圖跑去那裡狂歡作樂。從沙加緬度這裡開車過去，大概兩小時車程嗎？明天二月二十日十五時，在星巴克。只要在那個時間去那裡，對方自會出聲攀談。既然佩隆這麼說，我也只能照辦。

J在房間裡走來走去，猶豫之後，決定只喝個幾口酒。打開架上只剩一瓶的蘭姆酒口袋瓶，倒進杯中。情緒鎮定下來，想起了在帕羅奧圖度過的大學時期。那個時候他總是暴躁不安。喜孜孜地參加 Google 實習的傢伙們、被後來變成臉書CEO的西恩．帕克追求而喜上雲霄的千金小姐。出於對這些現實生活多采多姿的人的嚮往和反抗，自己創設新創公司，或抱著雄心壯志努力加入剛起步的新創公司的鄉巴佬們。放眼四顧，全是些教人作嘔的傢伙們。與此同時，卻也預期到自己終將踏上最無趣的一條路——這樣的嫌惡就要反噬了，J把蘭姆酒瓶塞進冷凍庫裡，免得再喝下去。

入夜以後，風勢變得更強，倒映在泳池水面的月光波光粼粼，眼花撩亂。這一票結束後，就搬離這裡吧，J在窗邊下定決心。過度執著於自己的一套，或許就是我的敗因。靠這份爛工作賺來的錢見底前，就當個漂泊流浪人好了。明明也沒怎麼醉，J卻這麼想。

S

步下百段苑的S，開著停在威士汀酒店地下停車場的豐田Harrier油電複合車回到位於伊弉諾神宮附近的住家。卸掉臉上的妝，褪下襦袢，換上穿舊的駝色襯衫和長褲，繫上腰帶。S在等早乙女。

大地震前只有約五十人的信徒，現在已經超過三萬人。S並沒有特別做出指示，教團內卻形成了以教祖為中心的管理體制。特別是老資格的名倉，和大地震後才加入、但具備「IT」這項特殊技能的早乙女，就像親信一樣侍奉著S。是名倉迫於必要，將信徒依居住地組織起來的。但內部控制漏洞百出，這是因為依據教團的教義，將組織必定會有的分責排除掉了。活動參加人數太多，導致會場一團混亂，或是從信徒那裡回收的問卷遺失，也不會為此追究應該要負責的人。全都以「噯，算了」的態度帶過。事情也不會傳到S那裡。受到一九九五年東日本的新興宗教引發的大事件影響，S的教團也曾遭到質疑，但也許因為鬆散，博得了世人「他們不可能有什麼害處」的印象。

S找來早乙女，是為了決定是否應該和紀伊水道的海盜見面。早乙女儼然是教團首腦，當S以教祖身分做出重大決定時，他總是在一旁輔佐，更精確地說，是代替S決定。早乙女首次出馬始於距今六年半前，關於淡路島市町村合併的決定。必須在隔天之前，將教團的意見通知給縣知事及淡路島自治團體首長所組織的會議機構才行。教團裡也有討論過，但沒有做出最終結論，因此才會交由S一個人決定，但對於擁有超過三萬名信徒意識的S來說，做決定是極其艱辛的事，若要選擇一種意見，其他各種想法的意識便會在腦中彼此衝撞，搞得總是宛如瀨戶內海般波瀾不驚的S心亂如麻。

因此S對早乙女的技術寄予厚望。在S模糊的知識中，ＩＴ似乎就是新的意識體，它的不成熟，會讓它做出宛如幼童般潔淨無瑕的決定。六年半前的那一天，早乙女依約準時前來。被帶到會客室的早乙女把筆電轉向S，從桌子對面探出上半身操作。螢幕上顯示的是早乙女決定入教時使用的神籤程式。這次不是以YES/NO顯示結果，而是採用輸出幾個任意關鍵詞的形式，顯示結果設定為「統合為一個市」、「統合為三個市」、「不向會議機關表達意見」，然後在對話框輸入「對淡路島的市町村合併採取什麼立場？」。由於這個程式會自動持續進行自我變革，因此連創造者的早乙女都無從預料它會做出什麼樣的決定。

「噢……」

S喃喃道。決定出來了。螢幕如此顯示：

統合為三個市

也因為早乙女的協助，S沒有所謂的迷惘。幾乎毫不思考的那種人生態度，即使看在我這種人眼裡，也極其詭異。和總是處在沒有終點的瞻顧中的J，是兩個對比。但是到了最近，S被迫思考該如何應對可說是教團競爭對手的紀伊水道的海盜團。就如同S的信徒成長，海盜團在一九九五年的大地震後擴大勢力，威望蒸蒸日上。似乎已經有約四千人加入海盜了。正派良民的島民都堅決無視海盜和S的教團，海盜造成的損害從未鬧上法院，由於二〇〇二年的世界盃足球賽時，貝克漢所屬的英格蘭代表隊下榻而一躍聞名的威士汀酒店，也從未因為成為S的教團據點之一而遭人抗議。

而教祖S本人則絲毫不曾考慮島民的這些觀感。阪神・淡路大地震後經過十六年的現在，S為自己的教團勢力範圍依然有限而感到遺憾。關於這一點，不時窺覷S的記憶的我也覺得有些遺憾。進入今年以後，S感覺到地球的南半球大氣失去了平衡。看到巴西的大洪水和澳洲熱帶氣旋造成的災害影像，S為了自己的無能為力而懊恨。但S的第六感總是朦朦朧朧，只能察覺以淡路島為中心的某個方向，在粗略的距離發生了某些災變。因此做為預知能力，是否有更勝於氣象預報的用處，令人存疑。S經常想「世界有一股想要被解放的力量在悶燒著」。最近S感覺到淡路島東北方近處的海上有股動亂，讓知道了也不能如何的我不安極了。

就在這時，S對名倉說：

「必須和海盜談談。」

即將發生在東北海上的動亂，或許和海盜的動向有關。從剛才來過的早乙女的神籤程式做出的決定是：「應該和海盜坐下來談談。」S已經開始準備外出，解開襯衫鈕釦，將白粉一路刷到袒露的脖子根。

名倉撥打S告訴他的電話號碼，年紀與名倉相當的男聲應接。名倉告知自己是S的使者，電話便切換成保留音樂〈雪絨花〉，等了約五分鐘後接起電話的人自稱海盜團團長。名倉覺得那聲音很耳熟，卻想不起來是誰。名倉嚥了口唾液，大大地吸了一口氣，毅然傳達S的意思。

團長爽快地答應會談。他指定的會合地點，是島嶼南端福良港的遊輪碼頭旁邊，指定到經緯度一位數的秒單位，明天清晨五點。S想要立刻就去，但海盜也是有行程安排的。隔天早晨，名倉在昏暗的天色中開車載著S抵達福良港。把車停在設計成整幢建築物以柱子架在半空中的興建中的淡路人形淨瑠璃館旁邊，步行斜切過馬路前往碼頭。

日出前的港口，聳立著渦潮遊輪「咸臨丸」和「日本丸」黑黝黝的身影，另一頭可以看見大鳴門橋。這時，海面上的物體黑影亮起了船燈，定睛可見的一點一點黑影，似乎是散布的小島。以驚人的速度靠近的燈光，是小動力船的燈，小船沒怎麼放慢速度，以銳利的角度切入，在S和名倉腳下的碼頭靠岸了。船首和船尾各有一人，共載著兩名海盜，兩人都和名倉差不多年紀，五十開外，合成纖維的帽子壓得極低，穿著覆蓋住胸口的長褲。皮膚曬得很黑。比起海盜，看起來更像普通漁民。

「教祖嗎？那你先請。」

S撩起和服衣襬，將刷上白粉的手遞向船上的男子們。接著上船的名倉，注意到兩名男子的腰間插著收在木製刀鞘裡的菜刀。

小船再次出海，激起波浪化成水花打在臉上，繞到小島後方後，一群漁船的燈光映入眼簾。帶領S和名倉的兩名海盜從容地將腰間的菜刀抽出刀鞘，左右揮動。來到中心一艘格外巨大的漁船下方後，便將小船的船纜拋上去，用手中的菜刀指示登上甲板的梯子。

S和名倉被兩名海盜前後包夾，經過甲板，進入明亮的操舵室，裡面有個海盜手握船舵，看著前方玻璃窗外的黑暗。眼前有一座老舊的焦褐色皮革沙發，沙發中央坐著一名男子，服裝和其他海盜不同，牛仔褲、休閒帽T、黑長靴，帽T外罩一件聚酯纖維防風外套。男子請S和名倉在沙發對面坐下，自稱團長。「恭候大駕。聽說教主今天過來，是有什麼提議？」

名倉盯著團長的臉，幾乎要看出洞來。

「是的，但請容我先表達謝意。承蒙團長百忙之中撥冗接見，不勝榮幸。」

S的舉止極盡優雅，大方地點頭接受道謝的海盜團長，亦風采堂堂。兩人都不愧是淡路的兩大勢力首領。

「哪裡，我才是，教祖大駕光臨，蓬華生輝。小地方寒酸，還請慢坐。」

團長的年紀和S差不多吧——我正這麼想，赫然驚覺一件事。剛才怎麼會沒發現？這張臉，根本就是沒化妝的S啊！海盜團的團長居然長得和S一模一樣！名倉也是發現這件事，才會從剛才開始態度就十分古怪吧。透過S看到的空間，感覺比平常更像異次元了。

「咱們開門見山吧。」團長說，清朗的聲氣也和S一模一樣，「我也很忙，不是只顧著這裡就好。」

「好的。」頂著一張抹白的相同容貌的S回答，「那麼，我就開門見山。請你們停止掠奪行為。島民都十分害怕。害怕各位腰上那可怕的菜刀、成群結黨犯下的惡行，以及恕我冒昧，害怕你們這群不知道究竟有何企圖的存在。我的信徒和其他島民都害怕極了。」

聽到這話，團長露出沉思的模樣，右手抵住下巴，「嗯，」他喃喃一聲，接著說：「可是我們是海盜。海盜就必須掠奪。當然，我們明白掠奪是不對的，也引以為恥。但我們非掠奪不可。當然，我們努力將掠奪行為減少到最小。因為原本說起來，這個世界最好沒有暴力。」

「既然如此，你們就應該停止。明知不對，卻執意要做，實在愚昧之至。」

團長依然一臉沉思，把手從下巴挪開，交抱起雙臂，「不，請等一下，這是兩碼子事。就算愚昧，也沒辦法說停就停。我剛才也說過，我們一直在努力。大家一起捕魚，拿來食用或賣到市場，用這些錢買燃油。在船上發電，使用最基本的電器產品。就像這樣，我們盡著最大的努力，但只要生活，就難免會有不足。即便如此，基本上我們都還是會忍耐，因為製造麻煩並非我們的本意。但只有我們在忍耐，這樣是不對的。凡事最重要的就是公平。」

「請說重點。」S催促。一身盛裝、只差沒有持笏的S，這時起身閉目，被抬至半空的右手牽引般彎身踏出一步，併攏的指尖伸向團長。團長仰望著那姿態。

「也就是說，我們比我們以外的人加倍忍耐著。但是再多的忍耐，我們就不買單了。因為再多的忍耐，就進入盲信的領域了。這部分必須寬鬆才行。因為，」團長說到這裡頓住，承受著刺眼光芒似地瞇眼，繼續道：「因為這是你的教誨。」

「沒錯。」S肅穆地閉眼，肯定團長的話。「不能落入盲信，這話完全不錯。一切事物，都是程度的問題。然後呢？」

「因此，我們將掠奪行為控制在最小。食欲、性欲、睡眠欲，其他種種一切欲望，都比常人加倍忍耐。這種程度的忍耐，絕大部分都不會出事。同時，對所有的一切忍耐，這在根本上是錯的。過度的忍耐，遲早會引爆不滿，因此我們偶爾會進行掠奪行為，不過頂多就是一年一兩次而已。我知道這不能當成藉口，掠奪不能是發生在遙遠某處的事，被害者必須近在身邊、是伸手可及的具體的某人，距離一遙遠，掠奪行為就會變得更殘忍。距離愈遠，奪取別人的財物的理由和緊急度就會愈模糊，徒然增加凶殘度。」

S沉默不語，想起窺看進行掠奪的歹徒們的意識時看到的情景。這也意味著，海盜團的成員，每一個都是S的信徒嗎？S的腦中浮現三人一組的海盜繞過洲本市的西側，停下漁船，偵察崖上別墅區散布的建築物的景象。三人發現某戶後門是紗門的人家，持菜刀闖入屋內。屋內只有一名坐在純白皮革沙發上看海的老人。我們是海盜，男人們自報身分後，亮出菜刀，要求老人交出全部的現金和珠寶。冰箱裡的食物也洗劫一空。

另一方面，坐在S和海盜團長旁邊的名倉難掩狼狽之色。名倉似乎和我一樣，現在才發現這裡的海盜全都是S的信徒這個事實。

「所以，」擁有和S相同長相的團長說，「所以我們不會停止掠奪，如果我們在這時候停止掠奪，我們海盜就會離開紀伊水道，散布世界各地，屆時或許會有某個國家的人，遭遇到更殘暴的對待。你濃縮在我們海盜身上的這座島嶼的暴力，一旦跨越距離，或時日一久，就會腐敗擴散，日趨凶惡。」

「跨越距離、時日一久？」S的語氣宛如譴責般嚴厲，「真的嗎？不會全是你一廂情願的猜測？」

「是的，不能忘記，一切都有可能只是『一廂情願的猜測』。」

「那麼，犯下暴力行為的人，你會如何處置？」

「既然身為海盜，不管是付出補償還是施加刑罰，都不適合。不過，我不允許對同一個對象掠奪兩次。」

「然後呢?」

「被害者多半會忍氣吞聲。」

S晃動冠飾搖頭,垂下目光。一陣大浪搖晃船身,在場每個人都隨著船體上下。團長以祈求的眼神等待S開口。S徐緩地繞到沙發後方,雙手倏地抬至胸口,就像佛像那樣,結了個手印。包括名倉在內的每個人都看著S的動作。

「聽著,你的部下犯下暴行,這是你的錯。東京鬧區發生隨機殺人案,這也是你的錯。大阪一名單親母親殺害幼童,這也是你的錯。中國有大樓倒塌,超過百人喪命,這也是你的錯。震動這座島嶼和神戶的地震中有數千人喪生,這也是你的錯。年復一年,數萬人不為人知地尋短自盡,這也是你的錯。現在這一刻也有某人的人格遭到否定,甚至沒有食物,承受著各種凌辱,逐漸死去。來,這是誰的錯?」

彷彿被滔滔流瀉的話語震懾一般，團長全身都在顫抖。其他海盜們眉毛垂成八字形，狀似憂心。這也是名倉從未見識過的、威儀萬千的教祖派頭。團長以微弱顫抖的聲音，艱難地擠出一句：「是我的錯。」

「是啊，全是你的錯。全都是因為你軟弱無能。好了，你聽清楚。」

「是的。」

「為素津那岐美的再生做準備的人、要邁向下一個階段的人，必須相信一切的責任都在自己身上。一切都必須自己來設法，讓所有的人類得到幸福，就是他無比的歡喜。做不到這一點，純粹是因為力量不夠。此事不可或忘，切記切記！」

山上甲哉

與海盜的會面，還有獨樹一格的國生神話。即使散漫地回想，從我的常識來看，S的記憶也過於奇幻了。不過，就算對比我的記憶或J的記憶，在真實度上也毫不遜色。我吸進咖啡的香氣，做了個深呼吸，把焦點集中在我——山上甲哉的記憶和世界。先暫時把S趕出意識之外。你是誰？我是人，與人有關的一切，或許都與我息息相關，但他人的意識侵入我的腦中，這完全只是妄想。然後，這裡是哪裡？這裡是札幌。我正在回公司的路上，被一名男子叫住，進入咖啡廳。雖然時間感有些拿捏不準，不過我們坐下來後，大概過了五分鐘嗎？外頭一樣颳著風雪。在路燈照耀下，彷彿自身散發光芒般的暴雪。白光橫飛，違抗重力往上前進，下一秒被砸下來似的下降。

紳士帽男子去了洗手間，沒有回來。店內充滿了低沉的談話聲，溫暖宜人。

J

J走在路上，懷念著校園風景。抵達帕羅奧圖後，他把車停在史丹佛大學校內的路邊，來到禮堂林立的中心地區。巨大的拱形、古色古香的建築物，校園內與世隔絕，彷彿時光停止了。我也覺得這是個和諧優美的校園。相較於我畢業的東京的大學，占地遼闊到令人咋舌，放眼皆是歷史悠久的宏偉建築物。美麗的女學生驕傲地甩動著一頭反射陽光、璀璨耀眼的金髮走過。青年們被猴急的欲望所驅動。青春的焦躁，這無論在任何地方應該都是一樣的。就沒有什麼辦法，讓他們直接體認到自己是多麼地得天獨厚、這些又是建立在什麼樣的犧牲之上嗎？J這樣的思考唐突地流入腦中。J總是陷在一種想要痛揍看起來最高等的人的衝動之中。附帶一提，J認為自己最傑出的部分就是頭腦，但也自認為體能優於平均。確實，J已經不是小時候那個瘦巴巴的小矮子了。即使和擦身而過的學生們比較，除非他們有什麼不為人知的特技，比方說拳擊或空手道高手，他應該可以擊倒幾乎所有的學生吧。

向他發傳單皮膚光滑的男學生、穿著學院服聚在長椅的男女。J側目觀察的他們，遠遠稱不上高等，每一個都衣著邋遢，簡直就像穿著家居服出門。或許他們以為只要努力拿到好成績就夠了，但待過這裡的我明白，你們只不過是為了讓主流美國建制派階層更加鞏固，而被招攬進來，以帶給他們刺激和鍛鍊罷了。傻傻地從南半球跑來這裡的我這個白痴澳洲佬，也是獻給這個系統的祭品之一。那份獎學金說穿了，就是聊勝於無的打雜小費罷了。J望向手上的傳單，想要轉移心思。「社群媒體的勝利，引導『阿拉伯之春』成功的關鍵」，隨意瀏覽的J，對傳單上的每個句子火大不已。別笑破人肚皮了，幼稚鬼。社群媒體所揭露的，就只有「大眾說穿了只不過是一群烏合之眾，因為愚昧，所以永遠都只能是大眾」這個事實。把「阿拉伯之春」當成「社群媒體的革命」，說到底就只是人們需要新的「建國神話」罷了——迎合當下體制的輕薄神話。好想拆穿這一切！好想把這些惹火老子、讓老子尷尬到不行的綿花糖謊言粉碎殆盡！

不知不覺間，J已經走到校園外圍了。建築物變得遙遠，周圍是濃密的樹木。就這樣繼續走下去，會看到大學的池塘，在那裡，腦袋裝肌肉的JOCK們一定還是老樣子，在那裡賣力划船。J在自動販賣機買了咖啡，坐在塑膠椅上，慢條斯理地花時間品嘗。過去隸屬於這裡的時光記憶，感覺就像一場遙遠而生疏的幻夢。

離開大學後，J在約定時間的三十分鐘前進入聖荷西的市中心。在附近找到停車位後，進入指定的星巴克。提前行動是J的習性。連絡人佩隆說，對方會主動找他，這表示對方認得我的長相。我的照片，搞不好連影片，早在不知不覺就被拍下了？J看了看手錶，他的電波錶分秒不差。

J坐在大樓一樓的星巴克窗邊座位。窗外可以看見馬路，有三個人正穿過斑馬線走向這裡，兩個男人，一個女人。過完斑馬線後，其中兩人往大樓反方向走去，剩下的一人走過來。那名男子打開店門入內。是亞洲人，大概是日本人還是中國人。男子掃視店內一圈，毫不猶豫，徑直朝J走來。J看看錶，十四時五十九分五十八秒。

「讓你久等了。」那名東方人說。

這太扯了！吾輩心想。

山上甲哉

眼前這個男子。年約四十五歲左右，是剛剛向札幌的吾輩攀談的男子，千真萬確。他和出現在J的記憶中的東方人是同一人，連左側嘴唇上方的黑痣位置都一模一樣。

眼前的男子面露柔和的笑，問：「怎麼了嗎？」

該告訴他吾輩想起來了嗎？但這個人應該不知道吾輩這樣的存在、吾輩與J的記憶的關聯性吧？腦中倏地浮現他說「我們見過」那句話，那是否就像是一種謎語？也許他是在迂迴地傳達：我很清楚你的狀況喔。吾輩以為能夠坦承這些的對象，頂多就只有精神科醫師，沒想到出現了一個意想不到的伏兵——J記憶中的人物。可是，J並不知道吾輩在窺覷他的意識。透過J，這名男子與吾輩認識，這種事有可能嗎？依常識來看，這根本不可能。不過仔細想想，吾輩這樣的存在，本身早已徹底跳脫了常識。事到如今再為此感到神祕不可思議，或許也十分可笑。

說起來，發生在吾輩身上的事，全是我的妄想。既然如此，什麼事都有可能發生，不是嗎？妄想自己進入他人之中，那麼當時見到的人實際出現在眼前，包括這件事在內都是妄想的話，就一點都不矛盾了。我一定是在日本的某處實際見過眼前這個人，而精神出問題的我，認定他是出現在J的記憶中的人，如此罷了。說起來，去聖荷西的星巴克見J的男子，和現在在札幌的星巴克的我面前的他，真的是同一個人嗎？也有可能是長得很像的不同人。

無論如何，都不該貿然斷定。我也覺得換個角度想，這個狀況或許相當有意思。眼前的男子究竟是什麼人？事已至此，應該盡情讓思緒天馬行空，想個水落石出才對吧。

J

在聖荷西的星巴克，坐在J對面的紳士帽男子。J認為東方人的長相看起來都一個樣，有時也看不出他們在想什麼、有何感受，甚至連喜怒哀樂都無法分辨。據J的說法，日本人依不同的世代，有著不同的特徵，但只要是相同的年齡層，都是同一副模樣，而中國人則是依不同的出身地，特徵類似。

「請叫我M。」男子說。

「M？」

「組織裡都這麼叫我。就像大家都稱您為J。當然，我另有真名，但在這裡不需要吧。我就像是負責傳話的。」

負責傳話的。聽到這話，J想起佩隆。對J來說，佩隆應該也只是個傳話的。依照傳話人的指示，去見傳話人。本尊在哪裡？J把不耐煩發洩在對方身上：

「不只是佩隆，你也只是個跑腿的嗎？太拐彎抹角了。」

「佩隆？啊，P是嗎？請放心，比起使者，我更類似上級的代理人。那麼，我就直說要點了。」M說，「事物的輪廓，概略，我只說這些，省去細節。您只要去做指示的內容就行了，不用去想有何意義，只需要行動。做出結果，將獵物交給我們。這是我提議的最好的做法。」

M以淡漠的口吻說道，J對此尚未形成想法，M又已接著說下去：

「相對地，也有其他做法。您可以預先掌握行動最終將會帶來什麼樣的結果，也就是掌握各別的行動具有什麼樣的意圖，會得到什麼樣的結果。但是這種情況，有時過度斟酌意圖，會妨礙現場的有效應變。——抱歉，感覺漫無章法呢，我似乎不擅長直截了當地傳達要點。」

J發現自己全身莫名緊繃。過去耳聞的「最後一票」的傳聞，原來只是司空見慣的唬人戲碼嗎？

「要請您做的事，將會由我以外的其他人來告訴您，那個人在離這裡不遠的地方等您，開車約十五分鐘吧。或許您會嚇一跳，因為兩位以前見過。雖然或許您已經不記得了。」

「我們見過？」

M似乎完全不打算繼續解釋。他環顧店內，一副想要快點離開的樣子。J慢慢地啜飲剩下的咖啡。感覺喝完這杯咖啡，就得立刻移動了。他想在這之前盡量打聽出情報。

「你說要告訴我要點。」J說。

「沒錯。」

「但你幾乎什麼也沒說。去見某人，那個人會告訴我該做的事。那個人跟我見過。這根本算不上要點，我要更多情報。來到這裡的路上，我也稍微提高警覺了一下。我會乖乖聽從佩隆的話，是因為他指定的地點是街上的星巴克。我估計這裡的話，應該不會遇到危險。但結果你也只是個傳話的，要我立刻換地方，這教人不得不起戒心。你明白吧？中間放個緩衝，反而更顯可疑。是不是想卸下我的心防，趁機加害於我？我會這樣懷疑，也是合情合理吧？」

「我能在這裡告訴您的，」M說。「亦即除了剛才說的以外，還能夠再補充的，就只有您必須前往某個地方，然後在那裡調查某樣東西。我們完全沒有危害您的意思。我告訴您的內容不是什麼比喻，完全就如同字面上的意義。」

雖然並不滿意，但就算再問下去，橫豎也問不出什麼名堂。再說，M應該沒有透露委託內容核心的權限吧。然後，J也悟出自己應該會去M所說的地點，在那裡見到組織的人。不是基於順從，而是出於好奇。J自己最清楚，他無法抗拒好奇心。

兩人一起離開星巴克，J坐進停在附近的自己的豐田 Camry 裡面等待。M開著舊款BMW回來後，輕按喇叭向J打信號，慢吞吞地往前開去。離開聖荷西市中心，往東邊的內陸方向前進。開上一段路後，來到住宅櫛比鱗次的地區。平房、約四十坪的庭院、停車廊下有輛中產階級的車款。M把自己的BMW 3停在那輛BMW 5的後方，J則把車停在馬路對面。M下車的玄關門廊前，貼了張「待售」的貼紙。M沒有按鈴，直接開門，J跟了進去。外觀是家庭式住宅，然而屋內的家具看上去皆要價不菲，格格不入。鋪在玄關的地毯，從踏上去的觸感就知道有多高級，飯廳是前衛的L字型。這些與格局和壁紙十分衝突，一副急就章布置而成的感覺。中島廚房再過去的客廳，傳來電視機和男人傻笑的聲音。依稀聽到的電視機人聲，居然是日語。雖然我聽得出來，但J並不知道。J精通英語和法語，也略懂德語和義大利語，但他覺得電視機的人聲不是這些語言。

電視機聲音戛然而止，一名白人男子從客廳現身。M默默退到一旁，J與男子迎面相對，男子請J在餐桌前的椅子坐下，自己坐到正對面。M仍站在一旁。

「啊，好久不見了。」

J想不起來在哪裡見過這個人。年紀和J相近。眼鏡鏡片很髒，穿著牛仔褲和帽T，就像個大學生。頭髮是棕色的，眼睛是灰色。

「看你一副認不出我的表情。也是啦，上次見到你，已經是很久以前的事了，而且我們只見過一次。」

J毫無印象，露出不解的樣子。

「我們領一樣的獎學金。」男子接著說。

獎學金？J忽然恢復記憶了，是指他為了離開澳洲而申請的獎學金嗎？一代致富的暴發戶揮灑的那筆獎學金，每年僅提供兩個名額。由於這筆錢是不須歸還的獎學金，因此競爭者眾，但十八歲的J漂亮地贏得了資格。但J是第二名，領到的金額只有第一名的一半。被認定比自己更優秀、領取優渥獎學金的，是怎樣的人？也出於這樣的好奇，J參加了邀請獲獎學生的慈善活動，就是當時看到的那個人——沒錯，就是那個人。我也同時心想，確實就是那個人。和當時相比，雖然老了一些，但確實就是這張臉。戴著鏡片沒擦乾淨的黑框眼鏡，土氣的眉毛底下，一雙渾濁大眼朝這裡看過來，感覺焦點卻不在這裡。

「想起來了嗎？不過那場派對，充滿了教人難忍的偽善呢。但是託他們的福，像我這樣的窮人也能上大學，還是應該要心存感謝吧。」

J想不到可以回答什麼，只應了聲「嗯」，他還在狀況外。這個人跟我，都和同一個組織有關？

「你還在混亂嗎？這也難怪。不過，這完全是巧合。」

「巧合？」

「沒錯，我們領過一樣的獎學金，這完全只是巧合。我之所以會注意到你，是出於更不同的理由。」

J刻意用力眨眼。超過十年未見面的相關人士登場，要對我下達最後一票的指示？這不會是誰想要陷害我吧？不過如果是圈套，他們期待得到什麼？毫無頭緒，好想喝酒。不，不能被對方牽著鼻子走，總之，得先客觀評估眼前發生的事。和過去無關，冷靜下來，釐清應該注意什麼、不能放過什麼，不必畏首畏尾，這世上幾乎沒有什麼是我應付不了的，這一點我應該最清楚，不是嗎？

J開口：

「啊，真的好久不見了。居然會在這麼意外的場面重逢，真令人想不到。後來我也經歷了許多，現在參加了一個無聊的組織，幹些無聊的犯罪，賺點小錢。那裡的規矩好像是，要脫離組織，就得為組織幹最後一票，所以組織出動了兩個傳話人催我，而我傻乎乎地跑過來，遇到的竟然是你。可以告訴我這到底是怎麼一回事嗎？」

說得這麼大剌剌，是不是能打亂對方的步調？J有些期待地說。實際上，眼鏡男看似有些著了慌，但也是一眨眼的工夫而已，老神在在的笑容又重回唇角。

「沒錯，我要通知你最後一票的內容。因為……」

J打斷對方：

「那就快說吧。我到底要做什麼？」

「在那之前，你應該先了解一切的前因後果。你認識的我登場，其中的意圖是什麼？是可愛的偶然嗎？我又是怎樣的存在？包括這一連串事物在內，我想你也會想要知道。」

「會有問題嗎？」

「問題？」

「在執行任務時，不知道你要說的事，會遇上什麼問題嗎？」

男子錯愕地說：「這個嘛，或許不會有問題。」

「那就快點進入正題吧。不好意思，其他的我沒興趣。」

「好好好。」男子愉快地笑了出來，「那，我求你就行了嗎？求你聽我說。」

「你想說就說吧。」

男子眼角的笑紋加深了：「哈哈，我很想說，所以我就說了。很遺憾你沒興趣，不過聽我說吧，反正你一定不記得我的名字，就叫我E好了。我是你所屬的組織幹部。原本跟你一樣，是承包工作的駭客之一，但我沒你這麼酷，很好奇自己加入的組織究竟是什麼結構。我覺得自己一定是個怕寂寞的人吧。決策、權限、業務流程、資金來源和流向，我想要掌握這一切。至於怎麼做，就是駭進組織的電腦。就是你也很擅長的那一套，我也很擅長。當時的ＩＴ負責人水準比現在更低，是你加入組織前的事了，我一進大學就加入組織了，因為我想要錢，獎學金一點都不夠用。我想要寄大錢回老家，為拋棄手足而贖罪。跟你說這些也沒用，但是在我的故鄉南非，再也沒有比落魄的白人家庭更淒慘的了，甚至不會有人同情我們，我們就像垃圾一樣。話題稍微脫線一下，沒關係吧？」

「請便。」Ｊ懶散地伸出手掌說。

「當時的生活真的很慘。一定是因為小孩太多了，加上我在內，共有七個孩子呢。還有，我父母太不擅長歧視了。為了活下去，需要做出某程度的切割。我不是在說種族歧視，就算是完全相同的種族、民族，依然有歧視存在。倒不如說，歧視不可或缺。差距是推動社會的動力，這甚至不是必要之惡，純粹是必要之物，而我的父母不明白這一點。人應平等，這或許是崇高的理想，但完全只是理想，而非現實。就算嘴上提倡歧視不對、歧視應該廢絕，但還是讓自己的孩子上跟黑人不一樣的學校，必須冷酷地準備好各種藉口。但我的父母卻做不到，結果被捲入莫名其妙的麻煩裡，失去了全部的土地和財產。接下來真是慘吶。我在原本是父母土地的地方做苦工，靠著一點一滴攢下來的錢買了套體面的衣服，剪了頭髮，買了機票，好參加獎學金考試，然後就身無分文了，而且錢只夠買單程票。我本來打算在當地工作，再買回程機票的。」

儘管質疑「對我說這些做什麼」，J卻對男子要如何為這席話收尾多少感到興趣，因此還是聽下去。「老實說，我根本不打算回去。那時我覺得不管會有怎樣的生活，都比回國好太多。而且我對自己的頭腦有自信，又是個十八歲好手好腳的年輕人，我覺得只要找個人隨便哄兩下，總有辦法騙口飯吃。雖然對家人過意不去，但無可奈何，這是所謂的緊急避難。

像我這樣的人，應該要生長在更富裕的環境才對，卻因為父母愚笨，害得我連高中都讀不了，鎮日為了當天的溫飽而勞苦，可能就這樣老死一輩子，我的才華不應該被這樣埋沒。最早發現這樣的錯誤的，就是我自己。你也考過的那份獎學金，不看高中成績或評語那些沒價值的東西，筆試中只有我一個人滿分，所以我當然是第一名。總之我非常厲害，我就是知道這一點，才會在非洲南端做粗工，等待機會。等待在新的土地、以有利的條件重新開始的機會。」

「也就是說，那份獎學金真的非常公平。」J突然插口。男子有些意外的樣子，他輕輕搔了搔鼻頭，自言自語地說：「似乎脫線得太厲害了。」

「沒關係。」J說。「我的時間暫時是你的。」

男子嘴唇動了動，欲言又止。但最後他沒有說出來，眼神別開了一下，再次回到J身上。「這樣啊，抱歉。那麼，我盡量扼要地說。總之，為了得到脫貧的機會，我徹底調查，得到那份獎學金是最好的結論。因為就算美國表面上看似已失去過往的強盛，但其實還是最強大的國家，也充滿了不問出身、贏得成功的可能性。不僅可以免費就讀西岸最優秀的學校，還能領到超出生活費的金錢。可是，能不能領到獎學金，我對結果並沒有自信，如果只是單純比較頭腦優劣，我有自信不輸任何人，但畢竟這世上有更多處境更不幸的人，從這個觀點來看，南非的落魄白人家庭實在缺乏打動人心的賣點。不過嗯，以結果來說，那份獎學金似乎非常公平地重視天資，因為我是第一名，而你是第二名。」

男子一副要朝J眨眼的樣子。不知道是不是渴了，他叫M倒水給他。他問J要喝什麼，J回應說想要琴通寧。

「對了，」J套話。「你叫我來，總不是想要沉浸在以第一名拿到獎學金的自我滿足吧？」

「我開始覺得這樣似乎也就夠了。」

「那太好了。」

「可是唔，我也得對組織有個交代，所以沒法就這樣算了。而且，接下來要派給你的工作，和你要不要脫離我們無關，我原本就打算要在近日委託你，因為是最後一票，可以親自委託你，我很開心。話說回來，真不錯呢，你真是個好聽眾，你不會打斷別人，又會在要點附和。或許你我有相似的部分，這也是可愛的巧合。」

M向J遞出在廚房調好的琴通寧，J接下那杯冰涼的飲料，一口氣喝掉一半。

「就算沒有我，你也能找到好聽眾，跟巧合沒個屁關係。人生就只有一次，現在眼前的就是一切。」

「是嗎？人生真的只有一次嗎？你有想過可能並非如此嗎？」

「原來你是佛教徒？」

「我不信教。我感興趣的，只有正在某座島嶼擴大勢力的教團。」

「什麼？」

「等下再解釋。事情很複雜。」
「有夠拐彎抹角的，只要指示我該做什麼就夠了。」
J望向守在餐桌旁的M。拿水來、去調酒、潛入共和黨的伺服器把全部的檔案挖過來、殺掉某某人，什麼都好，就像指示M那樣，也對我做出具體指示就夠了。如此一來，是否值得為了對組織的道義去做那些事，接下來我自有判斷。
「事情有順序，也有脈絡。如果拿掉順序和脈絡，所有的一切都會變得枯燥無味。」J沒有應聲，於是眼鏡男傻眼地揚眉：「好吧，如果你喜歡這樣的話，調味放到後面也無妨。我就直接說了。」
J喝光杯底剩下的琴通寧，默默點頭。
「首先，我們要請你去日本進行某項調查。是很簡單的打聽工作。然後把打聽到的結果當成禮物，去見某人。那名日本人就是這次的目標。M是日本人，所以從一開始的調查就會陪你一起去，幫你口譯。不過M會先一步去日本，所以你們在當地會合。機票晚點會寄給你。接下來的詳情，M會說明。這樣就行了嗎？」

「這樣就行了。」J回應。什麼都行。速戰速決吧。可是為什麼要派我去跟我毫無瓜葛的極東島國？

「因為**大再現**要來了。」

男子說，接著吁氣似地「呵」地一笑。

山上甲哉

然後，現在身在札幌的我的面前，就坐著M。啜飲著各國共通的精選咖啡龍頭品牌星巴克的咖啡，一和我對上眼，便露出若有似無的笑。我凝目觀察那張臉，愈看愈覺得完全就是J記憶中的M。

「嚴格說來，我們是初次見面，對吧？」

我試探地說。男子的臉頓時亮了起來，彷彿這就是他在等待的回答。

「沒錯，嚴格說來。我和您是初次見面，但您應該知道我。」

「呃，我不確定能不能算知道。可是，你又怎麼會知道我？」

「是郵件。您一直寄給J先生的郵件。我們組織基於業務性質，每天都會遭遇伺服器攻擊。因此包括J先生在內，每一名成員的電子郵件，連垃圾郵件都受到監視。您的日語信件也受到分析，由於寄信的意圖不明，被懷疑有可能是暗號信。所以包括信件英譯在內的報告，都呈報到E先生那裡了。E先生讀過您全部的信件，知道您是誰、處在什麼樣的狀況。E先生非常感興趣，甚至學起日文來了。E先生因為把自己的工作過度自動化，怎麼說，閒得發慌。恕我僭越，我也讀了您的信。無比漫長的時間裡，您都只有一個人呢，一定甚感寂寞吧。」

我感到全身血液都沸騰了，一股甚至無法稱為感情的顫動籠罩了全身，眼頭莫名灼熱起來，那股熱度逐漸擴散到鼻頭。我所寫下的電子郵件，對世人來說，應該是莫名其妙、不值一哂的內容。然而那個E真的相信我嗎？

「與其說是相信，E先生是理解，但他也有所懷疑，尤其是淡路島的教祖S的記憶，那怎麼說呢？太荒誕無稽了。您認為那是現實發生的事嗎？」

「我也不知道。發生在我身上這類光怪陸離的事實在太多了，要是每一樣都去在乎，日子根本過不下去。工作又忙。」

「您正在忙東北味覺展對吧？希望可以順利。E先生到日本以後，我們會一起去逛逛。」

「請務必賞光。這陣子業績慘澹，這樣下去搞不好分店都要收了。我個人很喜歡這座城市，所以希望能留在這裡繼續努力一陣。對了，E先生什麼時候會來？」

「還沒有決定，不過就快了。其實我原本懷疑真的有您這樣特殊的人嗎？也猜想或許是某種精心策畫的惡作劇。但也因為這樣，被派來勘察的我見到了您本人，了解到您確實存在。接下來我會報告E先生，決定下一步怎麼做。」

M從大衣口袋掏出 iPhone，一臉嚴肅地操作。他覆住口邊，用英語說了幾句話，似乎就簡短地報告結束了。他從容地將 iPhone 遞給我。

「嗨，幸會。」對方說。是E，雖然是帶有英語腔的日語，但和J記憶中的男人嗓音相同。

「幸會。」

「你好嗎？」訊號不佳，聲音模糊。

「嗯，我很好，你呢。」

「我很好。雖然有許多煩惱。不過，我花了好長的時間，才總算發現了你。我代表人類向你致歉，明明你不斷地發出各種訊號呢。人類的發展速度對你來說，肯定十分緩慢吧，一定害你相當寂寞了。」

我再次感到一團灼熱湧上心胸。像吾輩這樣的存在，就我所知，就只有吾輩一個人，從未被他人像這樣正確地理解。雖然習慣了，但絕對不是就不寂寞了。措手不及的感傷讓我莫名想流淚，要是這時候出聲，聲音一定會沙啞顫抖吧。

「對了，」就像要打斷我這樣的感傷一般，E以公事公辦的口吻說，「對了，我有件事想拜託你。」

「什麼事？」我反射性地反問。

「是只有你才辦得到的事。」

說到這裡，E停頓了一下，說：

「好嗎？神。」

S

被問到關於神的事，S就會變得雄辯滔滔。平日S不做完整的思考，說起話來，卻宛如洞悉世間一切真理。

「伊邪那岐和伊邪那美以巨矛攪動大海時，有個神明被那支矛攪得粉身碎骨，該神即為素津那岐美。素津那岐美棲宿於萬物之中，那片大海所接觸到的一切，形塑這座淡路夢舞臺的混凝土、貝殼、綻放的花朵，甚至是你們每一個人，身上都棲宿著素津那岐美。」

在宛如毀滅的文明遺跡般布滿爬牆虎的混凝土高塔下，S和一對信徒母子漫步著，娓娓道來。一如往常，他又來到威士汀酒店後方的回遊式庭園。

「位於超越時空之處的素津那岐美，不論是善行或醜行，都平等地注視著，我們必須自制才行。必須克制欲望，行正確之事。同時亦必須解放自我，必須接受欲望，正視醜惡。」

把女兒帶來找S的母親，為孩子無法融入校園生活而擔憂。不過雖然本人幾乎早已遺忘，但母親自己在過去，也無法融入一般孩童的生活。S看到母親的記憶，她從未和異性深入交往便成年，二十五歲時相親結婚，對方是島上富家的獨生子，一個沒什麼才幹的男子。她總是活在恐懼之中，不擅長揣摩他人想法，只有自己一個人遺漏掉每個人都知道的重要的事，不知不覺間，人生朝著不可挽回的糟糕處境淪落下去。她的記憶當中，這樣的恐懼就像鍋底的焦垢般黏得死緊。

「用不著害怕。」S直接說出浮現腦中的話，「不可以害怕。大多時候，都不會變得多糟糕。」

「可是這樣下去，這孩子會孤孤單單，追不上同學。」

S面露淡淡的微笑，緩緩地左右搖頭。他停下滑行般的步伐，以勾勒著胭紅的眼睛注視著母親，彷彿正溫柔地勸戒。

「妳的那種恐懼不好。不能懷著恐懼等待。等到可怕的事真正發生了再來害怕，都還不遲。如果無論如何都承受不了恐懼，一死了之就得了。聽好，追根究柢，再怎麼糟糕，橫豎就是一死。」

母親拚命苦思，試圖理解S的話。她相信S的話中藏有重要的教誨，想要領會其真意。但她覺得說什麼大不了一死了之，似乎不太對。

女兒才十一歲。已經換牙結束，也迎來初潮了，算得上是個美人胚子，長大後一定會是個像母親的美女。周圍的人都任意期待她人美心也美，然而這女孩不諳人心美醜，不知為何，只受到昆蟲和爬蟲類所吸引，對他人的感情十分遲鈍，因此一發現對方展現出某些感情，便忍不住畏怯，開始躲避與人來往。其實母親自己的性情也和女兒半斤八兩，只是隨著年齡增長，原本的性情不再引人注目罷了。但女兒還是個孩子，不能任她自生自滅。

「聽好了。」S以強而有力的語氣對母女說，「妳們和我的差異在哪裡？我和海盜的差異在哪裡？為什麼自己會是自己？妳們明白嗎？當然不明白吧。換句話說，根本沒有什麼理由，只是我碰巧是我，妳碰巧是妳罷了。因此別再害怕了，恐懼和憤怒、憎恨一樣，是負面感情。如果妳們懷著負面感情淪落不幸，也就是在讓我不幸。我們都是從同一個神明身上誕生，素津那岐美亦同樣地棲宿在我們每一個人當中。然而有什麼必要比自己更重視他人，或是比他人更重視自己？」

S不待母女反應，再次跨出步伐，繼續說下去：

「這並非我的預言，但是在這個世紀，人類就會獲得永生、遠離死亡了，然後永生者的意念會不斷地擴展下去，終有一日，萬物的靈氣會充滿這個世界，然後棲宿在妳我、鳥獸魚石之中的素津那岐美會連繫在一起，原本四分五裂的神明再次現身，國生神話會再次重來，但這次加上了素津那岐美。屆時，我們不是死亡，只是意識斷絕。在這一次的國生過程之中，素津那岐美四分五裂，但下一次就不會如此了。」

「素津那岐美?」女兒以沙啞的聲音喃喃問。

「沒錯，時間不再具有價值，回歸到混沌的神明時代，最後會有多少人類和土地留下來，我不知道。重現的諸神，一定會照看著這個過程。我們必須修練自我，並承受更進一步的複雜。懂了嗎?」

S依偎在母女雙方的意識中，體會著兩人的酩酊感。母女離開後，S在百段苑正方形的花圃周圍四處遊走，盡情沉浸在混沌之中。連串的正方形區塊種植著石竹、洋蔥等花卉蔬果，等待萌芽的季節。S撩開和服衣襬，在一處花圃邊緣坐下，俯視下方的大海，看得到呈橢圓狀突出的碼頭。不會進行人類思考的S，消磨著龐大的空白時光。

J

離開E的家，駕駛 Camry 回到沙加緬度的自家期間，J有種逐漸大夢初醒的感覺。想快點回家沖澡。然後彷彿什麼事都沒發生過一樣，喝個酒之類。

自己太好強了嗎？或許應該更圓滑一點，打聽出狀況比較好。如此一來，就不會陷在這種徬徨無依的情緒裡了嗎？雖然接下工作，但我的情緒是由我自己決定的，旁人沒有資格干預。所以，對，我不應該後悔。既然決定要做，只需要帶著理所當然的警覺、驚奇和平常心，確實完成被交辦的工作。

隔天接到了M的連絡。J又喝起戒了一陣的酒，醉到幾乎意識不清。電話響起的時候，J也喝得爛醉。

「您喝醉了。」M說。

「對，沒錯。」J回應。他絲毫不打算掩飾。

「現在告訴您，您有辦法記住內容嗎？」

「想忘也忘不了，這就是我的本事。」

實際上，不論是喝醉還是清醒，絕大多數的事，J都記得。雖然不及我，但J的記憶力很好。

M誇張地嘆了口氣：「我一向不跟醉鬼打交道，不過這次得破例了。沒時間了，我長話短說。」

「真巧，我向來不跟清醒的人打交道。」

J直接掛了電話，對著 iPhone 咒罵：裝模作樣個屁！他就這樣倒在沙發上，電話再次響了。他接起來。

「心情還好嗎？」M問。

「我這輩子從來沒有爽快過。」

「我喝了波本威士忌。」

確實，M的聲音似乎帶點醉意。J想起昨天見到的一臉老實樣的日本人嘴臉，痛快了一些。

「哈哈，我第一次覺得爽了。」

「那就好。」

以傳話人來說，這傢伙還挺貼心的，J想。

「對了，」J說，「或許這個問題不該問你，不過要是我不接這份工作，我會怎樣？」

「如果不幹最後一票，就無法脫離組織。」

「不脫離組織會怎樣？」

「委託會一直找上您。」

「如果一直不鳥委託呢？」

「您會受罰。」

「受罰？」

「遲早會被做掉。」

「然後呢？」J問。

「然後？」M也問。那聲音帶有不像先前的M的不耐。

「噯，好啦，算了。抱歉，我喝醉了。我不是想跟你作對，而且我好像不討厭你。」

「我能夠做的，只有說明接下來要委託您的工作。如果您想知道您剛才問的內容，或許可以找機會直接請教E先生。」

M停了一拍，接著以有些嚴肅的聲音說：「我現在要去札幌。您的目的地，是日本關西的一座島嶼，叫淡路島。請您在十天後前往當地，搭飛機從聖荷西到成田機場，再搭乘新幹線。島嶼可以從本州經大橋前往，所以我會開車到車站等您。您要在淡路島打聽某個教團的真實狀況。我會擔任您的口譯，請放心。我們得到情資，該教團的教祖住在島上的大神社附近，叫伊弉諾神宮，是幾乎所有的日本人都信仰的宗教的重要建築物。」

「宗教？日本人不是不信教，要不然就是信佛教嗎？」

「不是的。日本人幾乎沒有意識到，但宗教浸潤在他們的身心之中，不必刻意每星期上教堂也一樣。宗教一點一滴地反映在他們一切的生活樣貌上，因此幾乎所有的日本人都信神——沒有人格的神。」
「我從來沒聽過這種事。」
「因為太昭然若揭了，所以反而沒有人刻意去提。」
「那，我去找那個神社的教祖就行了嗎？」
J說，M沉默了片刻。「不是的。怎麼說，要請您打探的是另一個宗教的教祖，他們似乎利用了日本人對我剛才說的伊弉諾神宮的信仰。那是在淡路島擁有約三萬人信徒的教團。」
「總覺得雲裡霧裡呢，聽起來就像醉鬼的胡言亂語。」
「呵呵呵，」M笑道，「確實如此。我自己說著說著，也這麼感覺起來了。不過E先生是非常認真的，因此您必須去做，否則視情況，您會被殺掉。」
「然後呢？」
「然後？」

M背後的聲音一下子吵鬧起來了。他好像去其他房間了。

「我差不多得走了。E先生應該寄了電子郵件給您，交代詳情。機票我寄出去了，應該明後天可以收到。距離出發還有一些日子，請先對日本做點功課，了解一下。這些事，E先生的信件裡應該也會提到。」

J查看電腦，確實收到了兩封來自E的電子郵件。主旨前附上編號。J打開「一、諸神的遊戲」的那封。

「一、諸神的遊戲

「那是某個隆冬的夜晚。

「沒工作也沒錢，房間裡連空調都沒有，大林為了取暖，全身裹著被子，一動不動，廉價公寓無法保護他免於冬季的酷寒。就如同以往無法入睡的夜晚，對未來的不安、對自己才能的自負交織在一起，讓大林輾轉反側。同住的搭檔西森已經進入了淺眠，但每當大林翻身，西森就被吵醒，在現實與夢境的狹縫間飄蕩著。反正明天也沒有工作。枕邊的鬧鐘滴答，聽在放棄入睡的大林耳中莫名地刺耳。他想：就在這當下，寶貴的時間也不斷地流逝，如果時間不會溜走就好了。大林想，如果時間不會走動，每一刻的連續都是同等的，而現在不斷地延伸下去，這股焦燥也會消失不見吧。如此一來，因懷才不遇而幾乎要爆炸的不滿、遷怒於周圍的差勁酒品、忍不住拚命打電話騷擾願意搭理他一下的女生的壞毛病、讓他苦惱的所有一切，應該都會安頓在正確的位置了。大林感覺到心跳加速。

「就在這一刻，忽地靈光乍現，大林睜大了雙眼。他搖醒睡在旁邊的西森，把想到的段子告訴揉著惺忪睡眼的搭檔。西森睡迷糊的腦袋，實在無法領會那個段子好笑在哪裡。」

郵件最後附了個網址。J按下連結。瀏覽器啟動，影片開始播放。一名亞洲男子穿著白袍站在那裡，高舉右手，以J聽不懂的外國話在說話。影片下方有英文字幕。

「搞笑短劇，金斧頭銀斧頭」。

男子演出用斧頭砍樹的默劇。用斧頭砍了兩三下，斧頭從手中飛了出去。

這到底是什麼鬼？J整個傻眼。兩名男子左右並排，以上身赤裸、下身黑色緊身褲的簡陋打扮擺出姿勢，主張「是我」、「我是神」。這似乎是一種喜劇小品，但完全看不出笑點何在。看起來像是以《伊索寓言》為基礎，但兩個神明報上的名字，聽起來像古代埃及的國王，至少絲毫沒有從酒神節保留至今的希臘悲劇那種莊嚴。這和M說的，在日本某座島嶼流行的宗教有關嗎？

J關掉瀏覽器，再次打開郵件軟體。第二封信的主旨是「二、介紹」。

「嗨，你好。

「中意我送的禮物嗎？

「那段搞笑短劇，是日本年輕搞笑藝人搭檔『怪物引擎』推出的『諸神的遊戲』系列之一。那個短劇有個套路，大概就像你看到的那樣，叫曼菲士的神——這當然是他們虛構的神，和埃及的曼菲士王無關——假冒人類，遭遇困難或是惡作劇。然後叫曼菲提斯的神不知道那是曼菲士，跑去幫他或是教訓他，徹底上當之後，曼菲士再揭露身分：『是我。』最後的經典臺詞多半是『因為實在太閒了』、『諸神的』、『遊戲』。這『諸神的遊戲』段子，是在二〇〇八年左右完成的。

「對了，M應該有連絡你，你要去的地方是淡路島。這座島位於『本州』和形狀肖似你故鄉澳洲的『四國』中間。M應該也告訴你那裡正在流行的宗教了。附帶一提，請你看的『諸神的遊戲』和那個宗教完全無關喔。哈哈。因為我覺得在展開調查前，你有必要深入了解一下日本。

「據我觀察，現今日本當中，最能反映出日本民族性的，就是『OWARAI』（搞笑）文化。日本有許多已經根深柢固的代表形象，像是武士、忍者、藝伎、俳句，最近則有漫畫那些，但若要確實理解那個國家，『OWARAI』文化絕不應忽視。他們的幼稚，以及將一切事物——沒錯，連神明都可以拿來後設的看似狹隘卻又深奧的觀點，應是島國根性所特有的。不過領土意識的不成熟之處，倒是異於英國。前面請你看的『諸神的遊戲』，是我最近迷上的『OWARAI』藝人的搞笑段子。很荒誕、很好笑對吧？

「還有，也必須請你仔細研究一下日本神話。我把《古事記》和《日本書紀》跟機票一起寄過去了，你讀一下吧。那是日本固有神話的書籍。附帶一提，這次的調查，主旨也和日本的創世神話有關。我想請你調查淡路島某教團的真實狀況，該教團教義中的『大再現』，也是我特別關心的重點。雖然可以猜到八成是所謂大浩劫式的末日觀點，但具體上是怎麼回事，要請你確實調查。

「最後，你一定覺得我的行動莫名其妙，把你扯進奇怪的事裡。但對我來說，反而是你把我扯進這件事的。你不想聽來龍去脈，但這事與你有關，所以我還是要告訴你。這是我的一番好意。

「就像我之前說的，我是你所屬、而你現在想要脫離的組織幹部之一，監控著整個系統。淺白地說，我甚至監視著你們駭客的私人電郵。其實有人時不時從日本寄出重要的郵件給你，但你好像只把它們當成垃圾郵件。這次的任務的目標，也是寄件人山上這個人。我把郵件內容翻譯成英文也寄給你，這樣你就能讀懂了。讀完之後，你一定會大吃一驚。附帶一提，我推測這些信件的內容幾乎都是事實。M已經先一步前往山上居住的札幌，查證真有其人。

「最後。

「這年頭，神明的啟示是透過 Email 傳送的。

「所以絕不能輕忽大意。」

山上甲哉

「什麼神的啟示，太誇張了啦。或者說，我又不是神。」

「哦？」E面露挑釁的笑容看著我。「那，你是什麼呢？」

從M在薄野站和札幌站之間叫住我那天開始，過了大概兩星期。E真的跑來札幌，是前天的事。我為了特地從美國來見我的E請了有薪假，開著本田 INSIGHT 去新千歲機場接他。E一身名人休閒風穿搭，就像從時尚雜誌《Safari》裡走出來的人，身高比我足足高了十公分。E走出機場，一發現我，便放開行李箱，摘下墨鏡，站著擺出手腳在身前交叉的古怪姿勢*8，接著用日語說：

「是我。」

或許我應該接招說「原來是你」，但事發突然，我一時反應不過來。

約一個小時的車程中，除了接到一通電話以外，E看出我不熟悉在雪道上開車，都安安靜靜沒有吵我。抵達札幌市內，把車歸還給札幌市鐘樓附近的租車行，我們徒步走向薄野，在前些日子和M一起進去的星巴克稍事休息。一坐下來，還沒好好打招呼，E就針對我寄給J的電子郵件說「感謝神送來的啟示」，教人不知所措。

「我只是想要惡作劇。而且我完全沒想過J先生會日文。」

「可是我發現了這些信。」

「這是意料之外。」

8 譯注：搞笑藝人搭檔「怪物引擎」的段子「諸神的遊戲」中的招牌動作。

「嗳，人生無奇不有。」E說，想起來似地喃喃道「對了」。他把公事包放到桌上打開來，取出一冊看起來很堅固的文件夾，戴上白手套。

「有樣東西想給你看看。」

E說著，打開文件夾，裡面是一頁老舊羊皮紙的殘片，上面寫著：

HOMO SUM. HUMANI NIL A ME ALIENUM PUTO.

「『我是人，我認為與人有關的一切，都與我息息相關』。這應該是你的手筆吧？」

一股酸楚衝上鼻腔。一點都沒錯，當時的吾輩，在羅馬官員底下被免除奴籍，升格為食客，埋首於古希臘劇的研究。吾輩被古希臘劇的魅力所蠱惑，自己也嘗試創作。吾輩想要在自己的戲曲中，不著痕跡地放入自我存在的難堪，當時想到的就是這句話。此後，吾輩便以此為座右銘，每回重生轉世，便會在某處留下這句話。吾輩是人，這件事千真萬確，只是個與眾不同、獨一無二的人。

「果然如此！據說這是現存的泰倫提烏斯的手稿。我有位以蒐集這類古文物為興趣的朋友——關於他，我日後再詳談，總之我是向他借來的。我讀了你的信，想到這個可能性，果然被我料中了。」

那是多久前的事了？是西曆開始不久前，所以已經過了兩千年以上了嗎？古時的羊皮紙竟能保存這麼久。吾輩因為太懷念了，想要看個仔細，伸手要拿，卻被E制止了：「這很寶貴，請不要碰。」

在共和制時代的羅馬，要上演喜劇，而不是悲劇。這是當時身為泰倫提烏斯的吾輩的理念。人生並非悲劇，而是喜劇，這亦是不斷輪迴轉世的吾輩的真實體會。E收起羊皮紙，滿足地說：「沒想到能讓你這麼開心。」雖說是吾輩的手稿，但居然特地為我帶來寶貴的文化資產，E真是個好心人。

「絕大多數的事，吾輩也都經歷過了，但這種事還是頭一遭呢。啊，真是太感動了。謝謝你。」

我不自覺地用「吾輩」自稱，不過在今生，為了不被當成怪胎，日常對話中我都小心避免這個詞。但E完全不以為意：

「太好了、太好了，那我順帶有幾件事想要拜託。」

「這樣嗎？請儘管說吧。我大概都可以答應。」

吾輩打包票說。E慢慢地啜飲咖啡，就像在賣關子：

「請告訴我你是石原莞爾那時候所構想的世界最終戰論。」

只要是日本國這裡的人，不少人都知道吾輩曾是關東軍參謀石原莞爾時所提出的最終戰爭論，但外國應該就鮮有人知了吧。知道的不是戰爭研究者，不然就是日本史研究者。E會知道，是因為吾輩先前寄給J的郵件之一提到石原莞爾時代的事吧。吾輩回想起日本正一頭栽進泥沼戰時的種種紛擾。吾輩長年觀察人類的演進，不過尤其是近百年的技術進步，令人瞠目結舌。在那個時代，亦可以輕易預測到最先進的技術進入實用及量產，也只是時間的問題。能在一眨眼之間摧毀百萬人口都市的火器、不需要著陸就可以繞行世界好幾周的移動機器，這些或許都有可能引發人類未曾經驗過的全面戰爭。然後，歷經以血洗血的慘烈紛爭，最後留下的勝利者，會成為絕無僅有的唯一政府。這些是一九四〇年我在京都發表的演講內容，現在可以在網路上的青空文庫讀到，時代真是變得太方便了。

「你認為你提出的世界最終戰爭的預言，現在依然適用嗎？」

「這不好說。」

「請你就別裝糊塗了。」

「不不不，我並沒有裝糊塗。因為結果情勢並未如同那個預言發展啊。三十年來都沒有發生最終戰爭，所以錯得離譜。因此我決定再也不搞什麼預言了。還有，這段人生我想要安逸地度過，所以都避免去想那類誇大的事。」

「你說了，我的請託你大概都可以答應。」

糟了，的確不小心亂打包票了。

「好吧。那我把我想到的說給你聽。應該是不會演變成物理形態的世界戰爭吧。石原莞爾也是，嘴上說是為了預備最終戰爭而建立滿洲國，其實真正的目標是民族協和。換言之，下一個階段發生的戰爭，應該是超越國家和民族的框架，爭奪人們的內在。」

所謂世界最終戰論，是吾輩身為石原莞爾時所提出的——應該要避免的反烏托邦局面。對吾輩而言，生在哪個國家，僅僅是偶然，因此吾輩做為當時出生的日本國軍人，爬上高位，策畫拆解民族、國家、主義等其他一切麻煩的東西。當時吾輩以為可以趁著亂世一舉成功，但做法過於躁進了。一直到滿洲國建國前都很順利，但「五族融和」似乎還是太過勉強了。從日本、中國、朝鮮、滿洲、蒙古開始，雖然不知道全部共有多少，但若是能在最後達到全民族的融和，那就是皆大歡喜。但是以事變做為滿洲國建國的契機，果然是個錯誤。因為即使從道義上來看，為此而死去的為數眾多的人，他們的人生就只有那麼一回。

想起陷入泥淖的那場太平洋戰爭，吾輩心情沉重。吾輩想要打住石原莞爾時代的話題，低頭啜飲咖啡。結果E換了個話題：「對了，沒能去逛東北味覺展，真可惜。」不愧是E，腦筋動得快，也很擅長體察他人的感受。這麼說來，M之前說要帶E去逛東北味覺展，結果兩人都沒有來。

「應該是天公做美吧，原本一直都是風雪天，卻只有那三天天氣好到難以置信，結果盛況空前。」

如此一來，吾輩所屬的札幌分店收掉的可能性應該也減少了。最近吾輩強烈地感覺，確實做好這類每一項任務，去感受每一次的成就感，是非常重要的。到了吾輩這種程度，事情大小就不太有關係了。吾輩的心情平和下來，正準備詢問E在日本接下來的預定時……

「欸，神啊。」

E再次用古怪的稱呼叫我。

「所以說，我不是什麼神。」

「不管你怎麼想都無所謂。」

E的眼神變得凶險，和先前判若兩人，他細微地抖動著膝蓋。

「我想要請你用神的身分做件事。」

「你在說什麼？」

「你要讓世界回歸正軌。」

又說些異想天開的事。不過罷了，像吾輩重生了這麼漫長的歲月，三不五時就會遇到這種人。大部分都是過度自信，教人頭大，但有時也會出現真正具備「撥亂反正」的實力與膽識的曠世逸才。根據J的記憶，E在見不得光的組織擔任幹部，E敏銳地看出吾輩的背景，確實教人佩服，但這也可能是為了邪惡的目的，或其實他根本不信，卻假裝相信。對E來說，吾輩有何利用價值，吾輩完全摸不著頭腦。雖然不清楚E這個人會做到什麼地步，但多一份警覺總是對的。

J

J現在做為E的手下行動，他身在橫越太平洋前往日本的飛機上。J去過的國家，只有故鄉澳洲、現在住的美國、去旅遊過的英國，因此這是他第一次踏上英語圈以外的土地。

J就讀史丹佛大學時，有一群著迷日本文化的傢伙，但J和熱愛電玩、動畫的他們沒有交流。雖然從未意識過，但對J來說，世界就只有英語圈，此外的地方，就像是附屬品，正在步向毀滅的文化，有什麼必要去了解？不管是生意還是語言，最後會留下的贏家就只有一個。在分出高下之前，彼此切磋琢磨是很好，但一旦勝負決定，除了勝者以外，其他都注定要逐漸消亡。然後對J來說，在語言方面，現在已經分出勝負了，英語壓倒性勝出。掌握了通用語言，也就掌握了支配人類內在世界的主導權。換句話說，能夠流暢地運用英語，在英語圈最能發揮影響力的人，應該也就是全世界最優秀的人。然而為何非要再來讀日本的神話不可？莫名其妙，至少他感覺不到意義。

但這是工作，儘管百般不願，J還是讀了《古事記》，讀了《日本書紀》。每個語言圈的神話都大同小異，日本的神話一樣從世界的創造開始，相當於猶太教或基督教中所說的天地創造的場景，在《日本書紀》裡稱為天地開闢。原本混沌的世界分為陰陽，化為天地，其中生出如蘆葦芽般的東西，這成了神。蘆葦芽般的東西？第一代神沒有性別，從接下來的世代開始，出現男女成對的神？《日本書紀》麻煩的地方，在於這第一代的神是怎樣的神，有各種版本說法。E給他的英譯本記載了全部的版本，難啃到了極點。除了「正文」，還有從第一到第六的「異傳」，是在口耳相傳的過程中，又加上了各種變化嗎？或是將各別部族的神話，後來統合為一個？這部書似乎提到，現今仍做為日本的象徵、君臨日本的天皇是天神的末裔。伊邪那岐、伊邪那美這兩個神話中的神，攪動大海，創造出日本列島，然後天皇是神的子孫？這居然會是名列G8的先進國家之一！泛靈信仰催生出原始宗教，革新派宗教家改革宗教，領主利用宗教統治土地，逐漸王權化，而民眾發動革命將其推翻，而日本居然與這種普遍的社會發展進程全不相關嗎？JAP！太瘋狂了！J原本對日本毫無興趣，這時卻覺得痛快無比，在心中大喊快哉。

M替J準備的機票是舒適的商務艙，但《古事記》和《日本書紀》把他搞得疲憊不堪。他對自己辯解說資料大半都讀完了，叫來客艙組員，點了杯波本威士忌。酒精舒緩了眉間的緊繃，J忽地想起故鄉澳洲的神話。讀小學的時候，學到澳洲原住民也有神話，應該是基於對自然現象的崇拜，各地部族各別傳承著樸拙的創世神話。他們的神話時代，是叫做Dreamtime——夢世紀嗎？在原住民的語言中，夢似乎具有「生活、旅行」的意義。

喝完波本的J讀起E給他的另一份資料。這份資料不是書籍，是將電腦輸入的文字直接列印出來，用釘書機釘起來而已。看到「大再現」這個標題，J想起E的郵件提到這就是這次調查的主旨。這份資料也提到伊邪那岐和伊邪那美的矛，但冒出另一個叫素津那岐美的神，是其他資料都沒有的。J一下就讀完了分量遠比其他兩者更少的這份資料，把它解釋為應該也是創世神話的異傳之一。

S

一個人獨處時，S睜著眼睛，卻什麼都沒有看進去，耳膜應該受到震動，卻從未因聲音分神。眾多信徒的意識就如同在深海裡泅泳而視力退化的魚般優游往來。超過三萬名的信徒，今天也勤奮進行各自的活動。有人清早便出海打漁，有人橫越大橋前往神戶。青春期的年輕人為了對異性的愛慕而焦急心痛，失能老人憤恨著女兒照顧不周。前些日子來找他的母女由於**大再現**的教誨，暫時維持內心的平靜，但是對人生的不安再次蠢蠢欲動起來。

傍晚六點，早乙女來了。難得記得這項預定的S，一樣難得地刻意窺覷著早乙女的意識，在門鈴響起的同時便把門打開。同時在自家時相當難得地，S擦脂抹粉，一身盛裝，甚至戴上了太陽冠。早乙女被領至有鏡臺的和室，看見S的頭冠在寒磣的螢光燈下廉價地反射著光。

「前天一個自稱曾是海盜團團長的人來找我。」

早乙女後悔沒有掩飾緊張，對師父的口氣變得像在挑釁一般。

「這樣。那你要怎麼做？」

S貼近早乙女的意識。早乙女和海盜頭子碰面，後來便一直處在煩悶之中，還有現在緊張萬分，這些他都瞭若指掌。

「他叫我離開這座島。他說這是您的意思。」

早乙女祈禱，如果是要派他去島外執行特殊任務就好了。叫他離開這座島，難不成是要把他逐出師門、逐出教團？自己犯了什麼過錯嗎？自己的信仰那麼不足嗎？說起來，在師父的教團裡，信仰是什麼？

S突然執起早乙女的手，把他拉到鏡臺前的座墊，要他坐下。有時我會想，S是否只是漫無計畫、一時性起地在行動？要不然就是智力只有魚腦的程度。S直接伸指蘸進擺放化妝用品的矮几上的白色碟子，將黏稠的液體抹到早乙女的臉上。早乙女因為過度驚嚇，動彈不得，在鏡中看見自己變得斑駁的臉。「閉上眼睛。」S說，拿起刷子，真的要在他的臉上刷滿白粉。早乙女身體後仰，想要離開鏡前。

「凡事皆不可抗拒。」S說。早乙女一顫，全身緊繃。鏡中倒映出相鄰的化了粉妝的S及早乙女的臉。

「抗拒會生出僵固，折磨著你的，就是那冰冷僵固的心。」

早乙女有了即將得到長久以來追尋的啟示的預感，順馴地閉上眼睛，把臉轉向S。

「我一個人無法重現國生神話。你一個人也沒辦法。素津那岐美一旦甦醒，就必須納入現今世界從起始到終結所發生的一切種種，維持著素津那岐美的形姿，展開下一場國生神話。你的痛苦，屆時將會雲消霧散。所以你，不是別人，就是你，要找出因這個世界誕生而粉身碎骨、平等寄附在世間萬物內在的素津那岐美。素津那岐美真正的面貌是**空無**。你生命的空虛、徒勞地終結的事物，在這些一切的痛苦之中，尋找素津那岐美吧。」

早乙女睜開眼睛，鏡中是一張刷得慘白的臉。跪立的S正用衛生紙擦手。矮几上有胭脂也有黑墨，但S也沒有要使用那些的樣子。忽然間，門鈴響了，S倏地起身，走到玄關打開拉門。那裡站著兩個人，我知道那是J和M。S不認識他們，卻和對其他信徒一樣，請兩人入內。在會客室椅子落坐時，回過神的早乙女慌忙跑出來，頂著一張白臉接待。S也在並坐的J和M對面坐下來。

沉默降臨，雙方都沒有開口，看著彼此。J困惑到家，看著S，想到「歌舞伎」三個字，卻找不到與宗教的關聯。穿著橘色和服、頭戴金冠的是教祖，另一個是下人嗎？兩個人的臉都像小丑一樣抹成白色，可是他們是男是女？整個莫名其妙，JAP！太瘋狂了！

「那個，」是M打破了沉默。調查工作應該是J的任務，本人卻整個萎縮了，盯著交疊而坐的雙足襪尖。

「幸會。那個，請問是大師嗎？」M接著問。M似乎也有些怯場，手指搓弄著擱在膝上的紳士帽簷。

「也有人這麼叫我。」

「那麼，您就是S先生嗎？」

「是的，沒錯。」S從容地點點頭，一如往常，已丟開眼前的事，開始在信徒的意識漂流起來。從未被命名的幽微內心波動，宛如瀨戶內海的微波般浮現又消失。S連眼前有客人這件事都快忘了。

M拍了拍J的肩膀一帶，表情開心。找到要找的教祖囉，接下來呢？被M這麼問的J，心想「這下沒轍了」，這與那個組織一直以來委託他的任務，性質實在太天差地遠了。在全是**JAP**的環境裡，是要我怎麼辦？E是不是只是想整我？可是這是自己要接下的最後一票。J立定決心，盯著S抹白的臉，用英語開始提問。M將其口譯為有禮而委婉的日語，大意是：

「請介紹一下你主持的宗教。我們就是為了了解你的宗教，千里迢迢從美國來到這裡。教義是什麼？信徒相信你什麼？尤其是**大再現**，請你詳細說明。我讀了《古事記》、《日本書紀》和《大再現》，所以你可以直接進入主題內容無妨。」

S以眼角略垂、勾勒著紅色的眼睛大方地看著J回答：

「我會回答你一切疑問，我由衷希望能為你解惑。但你們不是我的信徒，因此我對你們無話可說，我不了解你們。如果想要我說得更多，你們必須成為我的信徒。」

J交抱雙臂，嘆了一口氣。

「可是，不必想得那麼嚴重，看輕鬆一點，就算成為我的信徒，也沒必要勉強去傳教或修行。事情辦完後，你們可以自由回國沒關係。」

「我是為了脫離你們的組織才接下這份工作的。我沒有義務再受到其他組織束縛，管他是宗教還是什麼都一樣。」

J這段話是對M說的。M先告了罪，去玄關打了一通電話，似乎是打給E的，M回來後問S，人在遠地的E能否成為信徒。S說只要本人同意，有人代理在筆記本上填寫名字就行了。而且只要上司E成為信徒，J和M似乎就不必入教，這未免太寬鬆了。早乙女拿出黑色封面的筆記本，M在上面填寫E的名字，E就完成入教了。確實，我也認為如果不用傳教或布施財物，實質上沒有任何問題。但成為S的信徒，代表意識會被S窺看，或許會更進一步被窺看S的我窺看記憶，E有沒有發現這件事？

J

不過，有件事我怎麼樣都無法理解。我窺覷S的意識時，E成了S的信徒，但事後我窺看J的記憶，J和M兩人卻根本沒有進行讓E成為S信徒的手續。而且在J的記憶中，千真萬確就在同一天的同一個時刻，兩人根本沒有去見S。這樣的差異該如何解釋才好？我完全弄不明白。

J搭乘新幹線抵達西明石站時，外頭已經暗下來了。J打電話給M說到站了，M叫他去站外停車處找一輛白色PRIUS。坐進副駕駛座的J看到M，打扮和M在札幌見到我時一模一樣，紳士帽和金黃色的圍巾也放在後車座。從車站開了約二十分鐘，淡路島方向的海峽看見被燈光打亮的大橋。M說明石海峽大橋採用吊橋結構，是全世界最長的吊橋。M把車停在過完橋的休息站，進入許多商家進駐的建築物。J在摩天輪底下的展望臺啃著M買給他的漢堡，洋蔥的甜味相當可口，J覺得M不只是個稱職的傳話人，也是個體貼的嚮導。這是個晴朗的月夜，隔著平靜如湖泊的瀨戶內海，本州與淡路島兩兩相望，被燈光打亮的大橋分開夜色，將兩座島連繫在一起。對岸的神戶與明石市街的燈光，襯著山地稜線輝煌閃爍。哎呀，真是一片絕美夜景，M用日語喃喃道。聽不懂他說什麼的J回頭，只見M雙頰潮紅，那張臉看起來年輕了一些。兩人再次坐進車裡，入住沿著海岸開出去沒多久的飯店。因為要在日本住上一陣，J原本期待會下榻和風旅館，沒想到卻是歐洲風格的大飯店。兩人搭電梯到高樓，在電梯廳道別，

J進入自己的房間。用客房服務點了威士忌後，旅途奔波疲倦的J一上床就睡著了。

隔天J醒得很晚，沖過澡換了衣服，泡了客房附的濾掛式咖啡。這時就像算準了時機一般，敲門聲響起。M問J午餐想吃什麼，J說壽司，M滑 iPhone 挑選餐廳，無所事事的J看著電梯廳的大玻璃窗外，昨晚一片漆黑，沒有發現，但山的斜坡整理得就像正方形的梯田。J沒有發現，那就是S出沒的地點，我在電子郵件裡提過的百段苑。J看到的景色裡沒有S的身影，但如果一襲法衣的S站在百段苑，他一定立刻就會發現。

兩人乘上計程車前往的似乎是一家老字號壽司店，吧臺是檜木。這讓我羨慕不已，據說對年收超過八百萬圓的人來說，壽司才是靜止的，目前我吃的壽司都迴轉個不停。師傅的手藝應該很不錯，雖然也有味道平淡的魚料，但J吃的壽司，每一個都依照魚料調整醋飯和山葵比例，美味無比，尤其是播磨灘產的窩斑鰶更是一絕。壽司店的師傅人很熱情，捏壽司的期間也說個不停，也許是因為除了J和M以外沒有別的客人。師傅問J是哪裡人，他說是澳洲人，但現在住在美國西岸。

「那裡靠近海邊嗎？」師傅問。負責口譯的M傳達J的回答：

「唔，算近。」

「那裡可以釣到什麼？」

舊金山海灣可以釣到什麼，J也不知道。而且那一帶有漁業嗎？師傅不待納悶尋思的J回答，接著說道：

「年輕時候，我有段時間都在海外跑，在許多地方釣過魚。現在店裡生意太忙了。」

師傅膚色白皙，外貌整潔清爽，確實不像個釣客。

「我也是金澤人，但現在不知怎地，住在美國。」

咦，這樣啊，原來M是金澤人，我心想。

「住在跟這個帥哥一樣的地方嗎？」

「是的，一樣在加州。」

「咦，加州我聽過。那，金澤那裡可以釣到什麼？」師傅似乎只對釣魚感興趣。

「臭肚魚、鮎魚女那些吧。」

「臭肚魚啊，那很難捏壽司，有股味道。鮎魚女的話，今天早上進了不錯的，要不要嘗嘗？你們特地從外國來的，店裡招待。」

J面露含糊的笑乾坐著，M說明師傅說要免費招待他們一貫壽司。J坐在吧臺行了個禮，用日語說「阿里呀豆」。師傅有些靦腆地笑了。

「那你們跑來淡路島做什麼？難道這位帥哥是好萊塢大明星？」師傅將鮎魚女壽司放到兩人面前。

「不不不，不是的。我們來淡路島調查一些事。」

「是喔？這一帶又沒什麼大不了的東西，是來調查什麼？」

「宗教。」

「宗教？」師傅的聲音走了調。

「我們聽說這座島上盛行某個宗教。」

「我們家那裡信的都是日蓮宗、真言宗，其他倒沒聽說過，我也只知道《南無妙法蓮華經》。」

「不，這是九〇年代才創立的新興宗教。教團代表好像住在伊弉諾神宮附近，師傅有沒有聽說過？」

「沒有吶，從來沒聽過。要去伊弉諾神宮的話，開高速公路一下子就到了。」

J和M先回飯店停車場取車，直接前往伊弉諾神宮。神宮附近的道路被田地圍繞，等間隔立著石燈籠。兩人形式性地參拜之後，決定去附近的住家打聽看看。要找到S住的地方，只能在附近挨家挨戶打聽。當然，我知道S總是回去的住家在哪裡，但寫給J的郵件上只說在伊弉諾神宮的徒步範圍內。我覺得有點抱歉，但反正住宅數量不多。

至於要用什麼藉口拜訪，M想到了一個好方法。按門鈴，有人出來應門，就問：「老師在嗎？」Ｊ不太懂日語微妙的語意，但M說，大部分情況，只要聽到「老師」這個敬稱，對方多半都會欣然應對。他說教師、律師、醫師、會計師、保鏢、教祖，只要尊稱一聲「老師」，幾乎都可以通，非常方便。所以只要在玄關問：「老師在嗎？」有自詡是老師，或家人認為是老師的人住在這裡的情況，應該就見得到，如果沒有，也極有可能告訴他們或許是附近某戶的某人。Ｊ很佩服M的機智，用英語大力稱讚M的點子，並舉雙手贊成。躍躍欲試的M受到鼓舞，四處按了約十戶的門鈴。但透過對講機應門的有三個，親自出來應門的有三個，總共六個人都異口同聲說這裡沒有什麼老師。繼續拜訪其餘的人家，也沒有收穫，天色愈來愈暗了。M堅持說可能是無人應門的人家，但Ｊ說服他今天先回飯店。

兩人默默走向伊弉諾神宮的停車場時，Ｊ和一個清瘦的人影擦身而過，嚇了一大跳。Ｊ會嚇到，是因為對方的臉在夜色中也呈現斑駁的白色。一旁的M立刻走上前去，叫住穿牛仔褲的嬌小人影，在路燈下回頭的那張臉，似乎到處沾上了白色顏料。

「恕我冒昧，請問是老師嗎？」

對了！J察覺M的意圖。那些莫名其妙的郵件裡，提到教祖的臉都抹成白色。腦袋一隅有股發麻的感覺，J目不轉睛地盯著那張臉，總覺得似曾相識。那人停步，聲音沙啞地應說「我不知道」，快步離開了。

回到飯店房間沖澡的時候，剛才在神宮旁邊擦身而過的人實在讓J耿耿於懷，他回想著烙印在腦中的那張臉，並除掉那些白色顏料，然後他驚呼了一聲：噢！沒錯，那張臉，是以前讀史丹佛大學時的日本留學生同學，挑剔我的程式的陰沉小子，記得他叫早乙女？我放下心來：總算發現啦？可是那傢伙怎麼會在這裡？J想。人家才要問你怎麼會在淡路吧？我想。

山上甲哉

J記憶中早乙女的臉沾到的白粉，是S用手指抹上去的。和我在S的記憶中看到的樣貌完全一樣，所以不會錯。可是後來S應該把早乙女整張臉都抹白了。當時M和J到S家找他，看到端茶水的早乙女的臉，由於那張臉整個抹白了，所以J沒發現那是他以前的同學。這是怎麼回事？光是別人的記憶流進腦中就夠棘手了，那些記憶還彼此矛盾，不光是棘手，簡直教人火冒三丈起來了。

說到氣憤，就不能不提E的態度。三天前在札幌的咖啡廳，E全不理會我的感受，叫我神，還長篇大論地說什麼要我「撥亂反正」，不光是這樣而已，E還把我當成機械產品似的，指責我「規格模糊」。對於我在今生擁有J和S兩人的記憶一事，E也埋怨「規格得再限縮一點，要不然真的很麻煩」。關於J的記憶，因為和E自身的記憶吻合，所以沒問題，但

S的記憶相當脫離現實，而且不清不楚，這一點尤其受到E的責備。即使我說別人的記憶流入腦中，對我也是第一次的經驗，E也完全聽不進去，他甚至威脅我說，「J和M現在就要去調查教團，如果你的記憶隨便馬虎，馬上就會被拆穿了。」

可是，我也能理解他想責備我的心情。我在寫給J的電郵裡，提到我過去是古代羅馬的劇作家，E從我的座右銘，識破我就是泰倫提烏斯，而他也猜對了。但我也在電郵中提到我曾是卡爾．古斯塔夫．榮格，也是石原莞爾。這太奇怪了，因為榮格和石原莞爾的生存年代重疊了。我也在發現這件事之後大吃一驚，生存年代重疊？

這太離譜了。我確實擁有他們各人的記憶，而我應該保留著全部的記憶，這究竟是怎麼一回事？我回溯榮格和石原莞爾的記憶，找出他們各自讀報的場面。比方說，一九四五年八月十五日，那場痛苦的戰敗的新聞。確實，石原莞爾和榮格以各別的語言，讀到了二戰告終的新聞。

難不成，擁有他人記憶的現象，從我成為山上甲哉前就開始了嗎？譬如說，如果榮格或石原莞爾其中一方是另一個人的記憶，似乎就解釋得通了。那麼，是我忘了這件事嗎？怎麼可能！對了，我上一段人生是什麼身分？發現自己居然不記得這件事，我整個錯愕。眾多的記憶時間軸零亂紛呈，就只是存在著。許多歷史人物記憶，和無名小卒的記憶浩瀚無邊地散布著。我和這每一段記憶，都是同等的距離，各別的人生如紀錄片段般保留，每一段都讓我感到親密。我覺得一切都確實是我的親身經歷，但若說都不是，似乎也都不是。

E

「這世上是有有錢人的。」

三天前在札幌的星巴克，E打破沉默，如此說了起來。在這之前，E

把初次見面的我稱為「神」，恣意批判我身為一個神，卻過於不確實。險惡的沉默籠罩了我們。

「世上當然有有錢人啦。」

「不是你想像的那種有錢人，而是更超乎尋常、即使說就是他們在創造全世界財富泉源也不為過的有錢人。不管是石油、金錢、公司債、國債，一切都可以隨心所欲地操縱，自己卻不必背負任何風險，就是這樣一群人。」

E留了鬍碴的嘴唇兩邊往下垂，鼻翼不悅地鼓起。看起來與剛才判若兩人，我開始擔心他的神智還正常嗎？

「他們和領到那筆獎學金之前、還待在南非的我，境遇剛好是兩個極端，這從根本上就不公平到了極點，我認為這些破壞公平的傢伙是最邪惡的人。這五百年來，完全就是他們的時代，他們只是印一堆紙，就隨心所欲控制世界。他們身在所有國家的金融體系中樞，沆瀣一氣操弄各種價值，以直接或迂迴的做法支配他人。」

我覺得這說法也太陰謀史觀了，為這種事激動成這樣，是要怎樣？即便實際上就如同E所說，對一介凡人的E或我，又有多少程度的影響？巨大過頭的武器，甚至意外地無法壓死一隻螞蟻，不是嗎？

「他們代代傳承著支配世界的方法論。他們不會現身檯面，忠實地繼承上一代的教導，只是執行。就宛如永生的生命體般，只有細胞汰舊換新，不斷地支配世界。」

E雙眼緊盯著我，拿起杯子，啜了一口咖啡密斯朵。

「你在想：這又怎樣？就算他們自以為和神比肩，確實那又如何？也可以這麼想：這個世界，不管誰具有多大的影響力，都無關緊要，不管怎樣，總有一個人會成為這個世界的龍頭霸主，從邏輯上來說是這樣。雖然七十億人中的第一名，難得親眼見到，那個人應該被託付了某程度的世界趨勢，這也是當然的，否則也不可能成為七十億人的第一。可是……」

說到這裡，E又啜了口咖啡密斯朵。

「可是，既然如此，那個人也可以是我吧？就算站在頂點的人是我，應該也沒差，同樣都是人，相差不到哪裡去。然後，或許聽起來自誇，但我屬於全世界最聰明的一群，我清楚這個事實，他們也擁有這樣的資料，他們在各地布下情報網，那份獎學金也是網羅之一。至少針對先進國家，他們列出了具備一定水準以上聰明才智的名單，若有需要，就加以監視，因為他們很閒，而且他們滿腦子只有如何讓支配更加堅不可摧、要如何延續到下一代。」

E又喝了口咖啡密斯朵，推了推髒兮兮的眼鏡，揉了揉眼頭。

「扯偏了，我想說的也就是，這個世界有純粹的支配者，而我實際見過那個人，正在逐漸親近他——為了證明坐在他位置的人也可以是我。然後，這裡有一個他感到害怕的存在。」

手沒有伸向咖啡密斯朵。E目不轉睛地盯著我。不祥的預感。

「那就是神，也就是你。實際上，你是不是神，不是問題，你不斷地活在這世上，現在是山上甲哉，以前是石原莞爾，是榮格，是泰倫提烏斯，只要有這些事實就足夠了。只要能請你超越一般人類的框架，我就有辦法利用它，顛覆支配體制，解開束縛、拆除所有一切虛構，讓世界回到超然獨立的狀態。應該有愈來愈多人開始發現了，以金錢製造金錢，是一種虛構。不久前的戰爭始末，以及到現在仍在命令人們相互殘殺的宗教，都只是蔓延在這個世界的虛構。情侶間的愛戀、親子間的關係、友誼、愛國心、資本主義萬歲、共產主義禮讚、社會革命，也全是虛構的產物。所以我要讓人類回到原初的狀態，回到沒有任何憑恃，因此所有的人都非尊重他人不可的狀態。因為在這個走進死胡同的世界裡，或許我就是七十億人當中最偉大的存在，我有這樣的自覺，所以我要負起責任，徹底否定現世。有朝一日，沒有差異的人類所展開的新創世將會開始。我希望你成為它的基礎。」

E是個可憐人。難道他連個所愛之人都沒有嗎？

「我正在接近中樞。我所見到的中樞人士，每一個都比我更無能。你曾是泰倫提烏斯時所寫的字句，那份手稿也是他們那群人所持有，宣稱世上只留下抄本。意思是我們有抄本就該滿足了嗎？他們以為從父母手中繼承而來的事物，是天賜的能力，倚仗貪得無厭的祖先孜孜矻矻斂聚而來的金錢和地位狐假虎威。繼承這種虛構，也必須盡快剝除才行。」

眼睛布滿血絲。E緊握住杯子的指節，仔細一看正微微發抖。

「我要他們把擁有的一切全吐出來，讓真相曝露在光天化日之下，我打算先從這裡做起。他們雖然厭倦了一切，同時卻也處在恐懼之中，恐懼著或許會有超越他們的存在出現，但他們也傲慢地認為不可能會有這種事，不可能有人碰得到他們一根寒毛。確實如此。人類的話，確實做不到。」

E說，靠到椅背上，收起下巴望向窗外的街道。

「人類的話，會被巧妙布下的各種網羅纏身束縛，根本不會想要伸手去動他們吧。在個人的生命裡，圈套實在太多了。親手足、親戚、朋友、恩師、同事，各種社群，運動、性愛、醜聞，夢想、目標，宗教、藝術，形形色色的羈絆，利息和財產。光是追逐這些，就無暇顧及其他了。與過於巨大的他們對抗，對個人來說形同毫無意義，或許就近似於赤手空拳毆打地球，不能把時間浪費在這種無益之事。若要正常地做出判斷，就會是如此。」

說個不停的E的側臉，看似傲岸，亦似憂愁。

「但我不這麼想。我要剝除保護他們的一切，讓他們嘗嘗發自心底的恐懼情感。我要給他們機會，讓他們懺悔忘記自己是人類、把自己當成君臨全人類頂點的霸主的錯誤。我要讓他們認清，就算學習世代傳承的帝王學、一代比一代更高貴，說穿了也注定要以一介人類的身分死去，根本沒有能力扛起死後的責任。」

「為了什麼？」

吾輩忍不住插口。有什麼必要這麼做？如果生在全世界最具影響力的家族，爽快地活，爽快地死，這樣就好了。即便如此，仍有各種辛苦必須面對。

「或許是我個人想要跟他們作對。不過，我覺得最重要的是為他們好，我想讓他們解脫。我會注意到你寄給J的郵件，一定也是命中注定，我也暗示他世上有你這樣的存在，不過不只是告訴他你這個人而已，還稍微加油添醋了一番，說你想要加害於他。結果他顯得很開心。為什麼呢？應該是因為他也覺得在自己這一代走到了瓶頸。」

「瓶頸？」

「已經到了極限，無法再前進了。然後抱殘守缺的人們，不可能衝破臨界點。」

在E的體內悶燒的不滿，似乎模糊了他的身體輪廓。

S

就算是七十億人中最具影響力的一群，但他們具備的強大力量，就像E說的，就類似一種基礎設施，不管他們在自己的圈子裡進行怎樣的競爭，和一般人幾乎都沒有關係吧。然後我覺得說穿了，從人類整體來思考，他們也只不過是零件罷了。不不不，這一點E也有提到呢。E說想讓他們了解到，他們畢竟也只是凡夫俗子，注定終有一日要步上死亡。可是用不著他提點，人家應該也清楚得很吧？實際見過那名人物的E，應該也明白這件事，然而E卻把無處發洩的恨意矛頭對準了他們。說起來，E認識的那個人，真的是全世界第一嗎？這也教人存疑。不過我也認為某處一定有世界第一的那種人——從理論上來看的話。就算真的坐上那個寶座好了，接下來E又怎麼打算？

我在薄野站地下鐵的入口和E道別。E臨去之際咧嘴一笑的表情，也不能說沒有幾分親暱。我知道這時候S偷窺了一下E的意識。S當中有數十倍的意識，如橫衝直撞的魚群般在S的腦中來來去去。E的心理活動在一瞬間展現燦光，就像大批魚群中的其中一隻鱗片反射陽光般。

果然，E對成為世界第一根本不感興趣，他只是想要找個對象譴責，否則他會窒息而亡。E曾想過，索性自我了斷，一了百了，也曾真的走到動手自殺那一步。接觸到全世界最具影響力的人，發現此人竟如此凡庸與絕望，他真的想死。但是他懸崖勒馬了，他相信自己應該還有可以做的事，撐了下來。沒錯，最起碼也該先搶走他的位置再說，E想。那個位置一定是有價值的。再怎麼說，那都是世界第一的寶座。

E的真心透過S迴響至我的內心。E之所以想要徹底分析、證明我的存在，是因為他認為發現了一個比他更悲慘的傢伙，他很同情，覺得神一定無聊到快要發瘋了。會帶來泰倫提烏斯的手稿，也是真心想要讓我開心。E也說我是否真的是神並不是問題。我回想親身經歷的時間與記憶，想像身為神的百無聊賴，那確實悲慘，是撕心裂肺的殘忍孤獨。然而——S的思考唐突地傳了進來，不知幸或不幸，**大再現**必定會發生。視情況，這份孤獨或許可以得到撫慰，不過這或許意味著所有人都將嘗到相同的孤獨。此事不可忘，切記切記。

早乙女

在伊弉諾神宮附近被J和M叫住時，早乙女以為兩人是新進信徒。才剛被S拋棄的早乙女對兩人說他不認識S；對於說要退出教團的早乙女，S完全沒有挽留。早乙女對S說，他也要離開淡路島。但早乙女似乎還是沒有停止信仰S，因為早乙女離開後，S依然可以鉅細靡遺地看著他。劇烈的動蕩席捲了早乙女的意識，早乙女先前不明確的想法和生活記憶，亦歷歷在目地傳達給我。

早乙女的生活很單純，除了處理教團事務外，他足不出戶，平時和母親同住。他不特別享受地攝取母親為他準備的三餐，其餘時間則默默坐在電腦前，這是他的生活常態。早乙女埋首製作神籤程式和其他系統，沒完沒了地掛在網上進行無聊的搜尋瀏覽。不，早乙女甚至沒有想過無聊。早乙女的信念是，不應該感到無聊或有趣，而是該默默地動腦動手動身體。除此之外，早乙女還會整理庭院。對母親買來的種子和植物苗，他沒有特別的好惡，每天照顧，讓它們長大。切花和收採果實的都是母親。

早乙女雖然具有男性的大腦，身體卻是女性。雖然沒正式被醫師如此診斷，但他自幼便發現這件事，自行研究並理解了。他想：原來如此，也是有這種事的。然後早乙女向周圍隱瞞自己是男性的事實，以女孩的身分在故鄉讀到國中。確實，當時的社會，對早乙女這樣的少數族群缺乏理解。早乙女非常冷靜地判斷，忍耐著穿上女生制服會更容易。直到青年時期都如此生活的早乙女培養出這樣的人生觀：人生不過是日復一日的積累，從A點到B點，接著從B點到C點，下一個處理，再下一個處理，在如此不斷的反覆中，人生結束。活著這回事，也就是做出更好的處理結果。因此可以自主規劃人生時，他決定考進好學校，離開小島，前往本土的縣、首都、國家，進入世界數一數二的大學。只要這樣默默地逐步處理，關於人生的意義，就不必被他人說三道四，也不必自己思考了。

凡事都無法以好惡來做決定的早乙女，無法和他人發展關係，總是獨來獨往。小學的時候，他加入朋友圈子一起玩，可是早乙女完全無法做到和某某在一起、和某某斷交這類事情，結果不知不覺他變得格格不入。進入青春期後，早乙女也曾對女生萌生情愫，然而若有似無的愛意卻不曾持續。關於這一點，我覺得對於性別認同障礙的早乙女來說，應該是個困難的問題。但早乙女的思維仍然相當扭曲，比方說當他對某個女生抱有好感時，他會把對方的優缺點拿來和其他女生比較，如此一觀察，就會開始覺得人這種東西看似各有特質，其實半斤八兩地無趣，不懂自己怎麼會喜歡對方了。像我就覺得單純地跟符合喜好的人建立交情就好了，但早乙女頑固的態度始終如一。

向S辭別的那天夜晚，早乙女帶著手頭的現金、存摺和車票，準備離開淡路島。出發的早晨，他從壁櫥裡取出波士頓包，將衣物等塞進去，最上面擺了裝有筆電的電腦包。筆電裡有為了補足自己的判斷力不足而開發的神籤程式。結束簡單的打包，早乙女穿上一身厚衣，離開家門。當時是一大清早，他聽著在沒什麼號誌的國道上高速穿梭的行車聲，往前走去，走累了便在公車站旁的長椅坐下來。早乙女注視著對面八幡神社的蒼翠森林，思考自己的去向，腦中響起S最後的教誨：找到素津那岐美。早乙女打開波士頓包，用筆電啟動神籤程式：「我該去哪裡？」

答案是兩個小數點以下六位數的數字，是緯度和經度。兩個數字，指定的可能是地球上任何一個地點，然而輸出的地點卻是日本國內。Google

Map 上顯示的地點，是和早乙女毫無淵源的土地，但我看到嚇了一跳，未免太巧了，那個地點，就在我居住的札幌市內。

J

J和M隔天也去伊弉諾神宮找S——J的記憶裡，事情是如此發展的。這天拜訪的人家裡，也有我所知道的S的家。按下門鈴，S親自出來應門，S是素顏，穿著駝色的老氣服裝，但雙眼皮和光滑的臉龐，讓J難以捉摸年齡。貫徹初衷的M問：

「請問老師在嗎？」

兩人被請進屋，領至會客室。接下來M口譯J的問題，發展和昨天S的記憶非常類似，但昨天已離開教團的早乙女不在場。J向S詢問**大再現**一事，然而S的回答和昨天完全不同：

「你是奉E先生的命令來刺探我的吧？不過你們該尋找的，應該是更不同的事物。」

S突然提到E的名字，M驚訝瞠目。

「哦？願聞其詳。」

M沒有為J口譯，而是直接追問S。

「找到我，又能如何？E先生要找的不是我，其實是更不同的事物吧？確實，E先生或許對我這樣的人感到稀罕，但他很快就會把我當成稀鬆平常的存在。因為對E先生來說，應該沒有任何事物是無法以邏輯解釋的。E先生自身亦擁有極大的才器，無可限量，終有一日，E先生回顧為了自身而利用我、為此而對我和其他人所做的事，依舊會露出索然無味的表情。因此E先生在尋找的，果然不是我。只要是E先生的事，我無所不知。因為——」

M以手勢制止S的下文，先為J口譯到這裡。「簡直瘋了，JAP！」J

在心中喃喃。雖然不知道M是否理解S的話，但M一臉肅穆地催促S說下去。

「因為，E先生已經是我的信徒了。你們昨天來到這裡時，已經以早乙女為見證人，E先生皈依於我了。」

「什麼意思？」M頓時拉大了嗓門質問。我知道S是在說「對S的昨天」。可是現在我回溯的J的記憶當中，M和J是在今天初次和S相會，並沒有M在筆記本填寫E的姓名、讓E入教的事實。S和J的記憶果然彼此矛盾。

「是否信仰我？即使憑我微薄的力量，也能輕易讓人跨越如此微不足道的界線。夢幻與現實、謊言與真實，一切的境界都是曖昧的，隨時都可以翻轉。我不願意逼迫你們二選一，讓你們煩惱。不做結論、不隨意形諸言詞，這是基本。因為宿命是沒有岔路的。」

M蹙起直線型的短眉，勉為其難地點了點頭。也許他認定對方是那種邏輯講不通的人，放棄溝通了。為J的口譯也停止了。S無聲無息地抬起膝上的雙手，就像在信徒面前常做的那樣，在胸前結了個像佛像那樣持的手印。今天他沒有穿法衣，因此散發出一股詐騙師的味道。

「你們應該已經學到國生神話了。在回歸那個時代時，接下來眾多人類的意識將會聚集到我這裡。要達成第二次的國生，各位的記憶將會是基礎。可是會有極少數一部分人想要脫離，E先生也是其中一人，儘管幾乎所有的人都聚集到我這裡，卻有人不願意被囊括在內，儘管他們與我的思維深切共鳴。——昨天，早乙女離開我身邊，出發旅行了，你們也見到他了吧？」

M再次對J詳細口譯。J只對提到早乙女的部分感興趣，問早乙女要去哪裡。S面露悲傷的笑容，搖了搖頭：「早乙女要去哪裡，我不知道。早乙女想要背離我所能洞悉的一切，結果他被引導至憑現在的我的力量莫可奈何的死角。可是早乙女的話，或許能找到素津那岐美的真實形貌，這也是為了像E先生這樣的人。話說回來，E先生一定會循著與你們兩人不同的路線，出現在早乙女的旅程中。可是……或許我應該更早放手，讓早乙女離開的。」

S說到這裡頓住，接著做了個深呼吸，開口道：

「所以，請你們追上早乙女吧。這是E先生的教祖的命令，亦是我衷心的願望。請諸位照看著早乙女，他想要去哪裡、要找到什麼？視情況，那對你們或許會是極重要的事。」

S令人費解的話，讓M整個不知所措，想要報告E請示，但E沒有接電話，結果J和M決定照著S說的去找早乙女。他們回到和昨天一樣停在伊弉諾神宮停車場的車，將S告知的早乙女自家住址輸入汽車導航。車子駛過被洋蔥田包夾的彎曲小徑，出現一棟與周圍景色格格不入的鄉村風三角屋頂人家。把車停在屋前，按下門鈴，一名老婦人出來應門。

早乙女的母親以狐疑的眼神看著J和M。確實，從紳士帽中年男子與白人的組合來看，實在難以想像他們和早乙女的關係。母親不客氣地打量年紀和早乙女相仿、金髮碧眼的J。M情急之下說明，J是早乙女在美國留學時最好的朋友，時隔多年跑來日本找他。雖說是巧合，但J和早乙女是同學是事實。母親說別站在玄關說話，把兩人請進屋。

早乙女家在大地震不久後重建，屋齡約十五年左右。裝潢也是母親的喜好，是濃濃的田園鄉村風，我知道室內原本預定以直紋小花圖案壁紙統一，但只有早乙女二樓自己的房間牆壁是清一色白。對於以客人身分來訪的J來說，這種壁紙並不特別令人不舒服。J和M並坐在松木桌旁，母親用茶壺為兩人斟紅茶。M用日語滔滔不絕地說著未曾和J討論過的內容。什麼他為了在三宮開加州餐廳，前來淡路島尋找食材；什麼自己是老闆，J是廚師；什麼J受到早乙女的影響，閱讀《古事記》和《日本書紀》，是個喜愛搞笑藝人的親日人士；什麼他們說定總有一天會來日本，拜訪早乙女家；什麼這次是突然跑來，想給早乙女一個驚喜。

「咦，我們家孩子的朋友嗎？」

母親似乎為了早乙女有朋友而感到欣慰。接著她一臉遺憾地說，其實從今早就沒看到那孩子，他只留下一張寫著「我要離開一陣子」的紙條就離開了。

早乙女的母親早有預感會有這種情形，為了預防萬一，裝了韁繩，牢牢握在手裡。也就是她加入了某個GPS服務「迷路兒童安心服務」，會為父母顯示走失的孩童人在哪裡。母親取出背面貼滿了亮片疑似 iPhone 的手機，顯示早乙女的 iPhone 所在處——在伊丹機場。

早乙女的母親最後交代：就算找到那孩子，也要替我保密GPS的事喔！

早乙女

完成神籤程式的早乙女，第一個占卜的問題是：「我是否該加入S的教團？」在對話框輸入這個問題時，早乙女的心中也浮現了另一個問題，也就是：自己是否該繼續活下去？人並沒有優劣之分，所以正確的問題不是「自己是否有存在的價值」，而是「這個世界值得活嗎？」他認為當時的苦惱，與自己的性別認同障礙毫無關係，反倒是由於無法成為男女任何一方，他得以免於性衝動的蒙蔽。再說，自從進入史丹佛大學後，他幾乎不曾意識到自己的性別，身邊的人對他的認識主要是「亞洲人」，如果有人問他性別，對於回答是「女性」，他不痛不癢。一切都只是偶然，生或死、男或女，還有生在哪一個國家，都是偶然。人類在被賦予的條件下，竭盡全力追求更好的生活，這本身就是從服膺於這樣的偶然開始。追根究柢，每一個人都是奴隸，有著無從改變的格式，即使竭盡最大的努力，也只能依循那格式而已。人類都是被這種樂觀的認命繫住的奴隸。

早乙女現在坐在國內線的候機室長椅，機票已經買了，是前往神籤程式跳出來的目的地札幌的班機。早乙女閉上眼皮，隔絕忙碌走動的旅客和職員的動靜，回想過去。

「素津那岐美真正的面貌是**空無**。」

S這麼說的臉掠過早乙女閉起的眼皮。自從回到淡路，加入教團以後，早乙女便開始自覺到自己沒有性別這件事，就如同素津那岐美亦是如此。關於S叫他尋找素津那岐美的真意，早乙女也有一套想法，也就是說，早乙女處在素津那岐美缺席的國生神話打造出來的格式無法套用之處。

「請問是早乙女先生嗎？」

突然有人叫他的名字。早乙女反射性地應聲睜眼，眼前站著一個戴紳士帽的男子。那名中年男子旁邊的白人他有印象，不過留學期間，早乙女一直被說東方人都長得一樣，做為報復，他也不去區別白人的臉了。但他記憶力超群的大腦立刻想到了：這不是在讀史丹佛大學時看過的人嗎？名字忘了，但曾經同班。在過度自信的洋鬼子裡面，也是特別惹人厭的一個。嫉世憤俗，卻自以為天才，挑剔我的程式沒有原創性，要他多管閒事，我才不追求什麼原創性，臭洋鬼子！可是，這傢伙怎麼會在這裡？早乙女驚訝了一陣，但立刻壓抑了這種感情，他要自己這麼想：我對你出現在這裡不感興趣，世上也是有這種巧合的吧。

「啊！好久不見，你好嗎？」

J用英語說。

「嗯，託福。好久不見，再見。」早乙女起身就要走。

「令堂要我轉告。」M情急之下信口開河。

「我媽？」

「令堂隨時都在等您回家。」

「這樣。」早乙女冷漠地回應。雖然不知道這兩個傢伙去找母親做什麼，但我非走不可。我確實是她生的，但這種偶然沒有意義。

「您要去哪裡？」

「北海道。」

「噢？怎麼會想到要去北海道？」

「碰巧而已。我得走了，得去報到了。」

「在那之前，可以稍微請教一下嗎？」

「請長話短說。」

「我們想知道教團的事。我們基於某個理由，正在調查您所屬的教團。我們也去見了教祖，教祖S先生親自拜託我們找到您。」

「某個理由是什麼理由？」

「背景很複雜。」

「告訴我。」

「我不確定告訴您，您可以理解。」

「沒關係，說吧。不過請簡單扼要。」

「呃，有一個日本人，我的雇主認為那名日本人是神，他可以看到S先生的腦中內容，您認識的J先生也被他窺看，除此之外，那個人還有不可思議的力量。但我的雇主懷疑這真的有可能嗎？因此為了求證那個人——或者說神，寫給J先生的內容是否屬實，我們必須確定S這個人是否真實存在、是什麼教團的教祖，向我的雇主報告。」

「莫名其妙。」

E

時間回到前一天。我為了和客戶連絡感情，正在拜訪百貨公司的商品部。東北味覺展獲得不錯的成功，副分店長對我相當滿意，交派我負責接下來的企劃案，這份企劃是「春季贈禮」。在食品批發業界，禮品商戰的重頭戲向來是春節和中元，但最近每家廠商都不願意中間又被抽一手，對於百貨公司這種規模的客戶，都直接批貨，貿易公司介入的空間愈來愈小，即便有，我們公司也不被當回事，必須在夾縫中求生存。所以要在沒有贈送食品習慣的春季時期，打出富有新意的企畫，比方說，推出適合送給剛搬出家裡、一個人生活的年輕人的「新手自炊組合」，把滯銷的小樽品牌火腿附上食譜，強勢搭配鍋子等廚具一起賣。雖然品牌沒什麼知名度，但味道和品質可以掛保證。此外還有針對小孩上托兒所或小學的年輕母親的「戰勝挑食組合」，把有機蔬菜組合搭配湯品或濃湯罐頭，附上使用蔬菜的食譜。蔬菜是到處開發新客戶的副分店長負責的有機農家提供的，品質沒話說。

E自從來到日本後，就一直留在札幌。我一直請有薪假，對公司也過意不去，因此從E來到日本的隔天就去上班了。接下來基本上E的事我便丟開不管了，但從工作空檔交換的訊息來看，E本人似乎過得頗為愜意。E說今晚要和在 marimekko 的展銷商店把到的短大女生一起去喝酒，E也邀了我，我預定下班就去跟他們會合。E的興致會那麼高，也是可以理解的。宮之森女子短期大學簡稱「森女」，是出了名的專出清純可愛的女生。在我賣力上班的期間，E在札幌街頭散步，至於我怎麼知道，因為S頻繁地窺看E的意識。最近的S不只窺看E，也經常窺看早乙女，我等於與S共享相關人士的動靜，有時S類似短評的感想也會傳達給我。

三月的札幌依然寒冷，但今天晴朗舒適，悠閒走在被積雪妝點街道上的E，想著北海道大學的校園比想像中還要遼闊，看見味之時計臺拉麵店內驕傲掛著 Down Town 濱田*9的照片，咯咯一笑。E在連接札幌站和薄野

9 譯注：指濱田雅功，搞笑雙人組 DOWN TOWN 成員之一。

站的巨大地下道踱步往返，欣賞路過的女生，漫無目的乘上地下鐵。他這樣享受著，卻也毫無脈絡地想起自殺的事。也不是有什麼傷心事，就只是情不自禁地要想像自殺。看著駛進地下鐵月臺的電車車頭，心想只要跨出一步就會死了。在陳列著逗趣雜貨的 merimekko 店內和短大生聊著天，心想只要抓起隨意擺在收銀臺旁邊色彩繽紛的剪刀之一，朝脖子一刺，應該就會流血至死，是否會很痛苦？跟這麼可愛的女生聊著天，而且她還答應晚上一起去喝酒，可以在這當下無意義地執行自殺嗎？

可以吧——這麼想的是S。看來E先生鑽牛角鑽到了頭，已經卡在那裡動彈不得了。實際上E在地下街逛著，腦袋裡想著這種事：比我更優秀、更英俊美麗的人，卻陷在比我在南非孩童時代更惡劣的境遇中，不為人知地消逝，這就是這個世界。到底有多少人有資格認定，輪到自己消失還久得很？然而為何卻能傲慢地逍遙過活？還是我來開發一個系統，把全人類分級，替每個人安上應該要消失的次序？E先生想像在應該要第一個消失的人身上貼上「1」的號碼牌的場面——S的思考又重疊上來。可是糟糕的是，E先生想到的卻是自己的臉。

不知不覺入夜了。E暫時還沒死，也因此我得以參加久違的聯誼。短大生有美奈和小望，美奈是室蘭人，小望是廣島人，兩人皮膚都很白，所以我還以為小望也是北海道人。四人相談甚歡。雖然正在聯誼，S卻又把頻道調到E的意識。雖然煩人，但難得聯誼卻心不在焉的E教人擔心，E似乎想到「諸神的遊戲」的搞笑短劇，這種時候居然在想那種無聊東西。神明為了排遣無聊，不斷地相互捉弄，但不死的神不管被捉弄得再嚴重，都不會造成致命傷。我也有一死嗎？不知為何，總覺得我不會死，每一天過得實在太安逸，終於失去了不知明日會如何的憂心，往後這樣的安樂將會無止境地延續下去嗎？也沒有神會來捉弄我。即使在這當中死去，搞不好也不會有人發現我已經死了。夠了，別胡思亂想了，專心聯誼！我心想。女生都注意到不對勁，貼心地拚命找話聊不是嗎？話題轉到我幾歲，我問看起來像幾歲，美奈說「咦看不出來耶幾歲呀」，我催促「隨便猜個數字嘛」，美奈說「我猜猜，二十七嗎？」我說我三十二歲，美奈用北海道方言驚呼「咦咦咦看不出來欸」，場子熱鬧滾滾。接著小望問「E先生幾歲」，E卻目光渙散地應：

「唔，啊，嗯。」

滿腦子想著要死，才會變這樣。E明明很期待這場聯誼，特地刮了鬍子，還把眼鏡擦得乾乾淨淨。我無可奈何，打圓場說「咱們一起猜」。小望猜二十九歲，美奈預測說搞不好跌破眼鏡只有二十五歲，我猜三十歲整。倒不如說，我根本知道答案，所以結果只有我猜對。接著聊到大家住的地方，E說他一個人住在加州的家庭式住宅。應該是指J被叫去的那棟房子，但那是為了面談而急就章湊和的場所，所以E在撒謊。E都住飯店生活，甚至沒有告訴M他住在哪裡。

「一個人住一整棟房子，不會寂寞嗎？」

「欸，美奈妳很愛反問句耶。」

「就是呀，人家覺得最近日語愈來愈退步了。」

「除了日語，妳還會別的嗎？」

對話軟綿綿的兩個女生同聲笑起來。我乘機把話題丟到E身上：

「別看他這樣，他精通日本的搞笑文化喔。對吧？那叫什麼去了？」

E因為不熟悉口語對話，慢了幾拍，口中應著「唔，啊，嗯」。

「喏，你不是說你有喜歡的搞笑藝人？」

「呃，怪物引擎？」E口齒笨拙地應答。

「對對對，就是那個。」我說，「啊我知道是我我是神那個對吧？」

美奈接話。「咦E先生喜歡那種的啊？怎麼會知道那麼冷門的東西？」小望說。接著她說：

「表演一下。」

「表演一下？」

E狼狽起來。什麼？非表演不可嗎？為什麼？哦，也不是非表演不可啦，可是喏，不是有現場氣氛這東西嗎？我心想，但也覺得這對外國人門檻太高了，換作是我也會有點怯場。話說回來，小望好像有點虐待狂傾向，她露骨地擺出「什麼啦好無聊」的表情。因此我心一橫，當場站起來，交叉手腳，說：

「我是神。」

結果E也站起來，說：

「是我。」不愧是想成為七十億人中第一名的人。

「原來是你？我完全沒發現。」怪物引擎的這個搞笑段子裡，我現在扮演的曼菲提斯神老是上當，沒發現眼前的人類其實是曼菲士神。先不論我是不是神，但E找到了我，這真的很了不起。沒錯，至少一直以來，從來沒有人發現我這種類型的存在，綿延不斷地活在世上，維持意識，並配合每個時期地區的民族種族情勢，扮演人類，這相當辛苦。E和我不同，似乎對於自己終有一死這件事覺得不太對，但這也沒有人說得準，畢竟搞不好因為科技進步，某天開始所有的人都不會死了。如此一來，每個人都會變成像我這樣，而我終於能夠正常和他人對話了嗎？我不知道這對我以外的人類來說是否算是好事，但不論好壞，這件事總有一天還是會實現吧，這就像是宿命，然後呢？這樣一來，會怎麼樣？

實在是閒到發慌

諸神的

遊戲

*

J和M搭乘早乙女後一班的班機，正好一個小時後抵達新千歲機場，早乙女已經不見了。M打電話給應該也在札幌的E，但E昨天聯誼喝太多，又去睡回籠覺了。我也有點宿醉，但我生性認真，所以上班工作去。

J在這時候目睹了M的祕密手段。在伊丹機場叫住的早乙女結果什麼都不肯透露，也斷然拒絕M和J和他同行。M看似就此罷休，卻在早乙女的波士頓包偷裝了GPS追蹤裝置。J重新認識到，這趟旅程是為了脫離非法組織的最後一票。M的 iPhone 顯示訊號地點是「SUSUKINO LAFILER」，是靠近我上班地點旁邊的購物大樓，J和M至少得花一個小時才能抵達那裡。

我在那一個小時內完成一項既定行程，繞去百貨公司確定活動場地負責人已經收到食譜小冊子，接著在回辦公室的途中打電話給E。這時E已經從M那裡聽說早乙女的所在地了。搭JR線從機場來到札幌的J和M，換乘南北線，抵達了SUSUKINO LAFILER。他們靠著GPS訊號，找到了在八樓美食中心喝酒的早乙女。

早乙女好像酒量很差，中杯啤酒還剩下一半，但人已經喝得醉醺醺了。J和M坐到早乙女那一桌去。剛過下午四點的購物大樓居酒屋裡，只有他們這組客人。早乙女看見從大阪趕來的兩人，面不改色，一語不發，他以酩酊的腦袋想：也是有這種事的吧。或者說，都無所謂。本人應該不知道，但教祖S窺看了早乙女的意識，比早乙女還在教團的時候更縝密地監視著。早乙女打算在移動到下一個地點前稍事休息，坐下來喝酒。下一個處理，再下一個處理。其他人每天工作、進食、陪伴家人、睡覺，與自己接下來應該會持續一陣子的行為，究竟有多大的差別？早乙女望向窗外的銀色世界，他應該是第一次看到這麼多的積雪。天色再暗一點，札幌的夜晚便會染上一片霓虹燈彩，絢爛奪目。但早乙女想的只有接下來的移動，想要前往某個遙遠的地方。下一個處理，再下一個處理。服務生來向後來的兩人點單，沒有人發現那個女生就是昨天我和E聯誼的白皮膚的美奈。他們本來就不認識，這也難怪吧。E正從下榻的飯店搭計程車前往SUSUKINO LAFILER。話說回來，我跟美奈都在辛勤工作，E還真是個大爺。E和美奈一定會不期而遇，大吃一驚。J和M喝起上桌的啤酒。

J一方面期待這份奇妙的差事已接近尾聲了，同時卻也感到一絲寂寞。反正就算回美國，也沒什麼要做的事，繼續當E的部下怎麼樣？是否就不會無聊了？但那個E現在坐在計程車裡，腦中仍然想著可怕的事。打開車門，跳到從對面開來的砂石車前面怎麼樣？身體會被撞得稀巴爛、四分五裂，我的血雨會染紅四周圍，然後呢？應該會在一瞬之間斷氣。然後呢？會怎麼樣？不會怎樣，無論如何都無法承受的話，死了就一了百了了，說穿了再怎麼糟糕，最慘也就是死——窺看著E的S心想。我覺得不該這樣亂想，不過沒錯，E的情況，確實就只是死掉而已。難道E是嚮往我這樣的生命體嗎？不過我不太推薦喔，無人理解，就算厭煩了，也無法結束，而且經歷的一切，都像是曾經發生過的事、曾經說過的話。從某個意義來說，哪裡都去不了，就形同連一步都沒有移動。或者E是不想變成像我這樣？所以才會想要自殺？我不太懂，但總之E是個腦袋僵化的傢伙。

E抵達SUSUKINO LAFILER前面，下了計程車，外頭的寒冷讓他哆嗦了一下，走進正面入口的電梯，來到八樓。E立刻就發現三人了。出來寒暄「歡迎光臨」的是美奈，不出所料，E嚇了一跳。「E先生還要喝嗎？」美奈打趣他說。昨天那傢伙等下也會來喔，E說。這樣啊，你們真要好，美奈說。M最先發現走近桌子的E。原來M也會有這麼開心的表情？J見狀心想。早乙女小口小口啜著完全沒減少的酒，托著腮幫子悶不吭聲。E簡單打過招呼，在早乙女旁邊坐下來。他注視手托下巴、面色酡紅的早乙女的側臉，接著用日語向他打聽S的教團。教團是真實存在嗎？大再現是指什麼？然而早乙女看也不看E，說「與你們無關」。「真傷腦筋呢。」E苦笑著與M對望。嘴上這麼說，但他看起來並沒有多傷腦筋的樣子。不管S的教團是否真的存在，這件事從稍早前就對他無關緊要了。我在電郵裡提到的內容虛實，對E好像也已經無所謂了。E再次開始思考自己的死亡。早乙女在想移動的事。J在想成為E的部下，揭露E的廬山真面目。M因為沒有人說話，對E鉅細靡遺地報告在淡路島發生的事：教祖S淨說些瘋言瘋語、S主張E是他的信徒、S說照看早乙女的動向是為了E好、兩人為了找到S而拜訪了神宮附近每一戶民宅、只對釣魚感興趣的壽司店師傅、高速公路休息站的摩天輪。內容逐漸偏離正題，卻無可奈何。如果M不說話，就沒有人說話了，所以M拚命說個不停。這時我到了。因為M實在太可憐了，所以我提前結束工作趕來了。

「已經下班了嗎？」M鬆了一口氣問。

「稍微提前一點下班了，因為明天還要出差。」

J好奇萬分地打量我。這傢伙就是神嗎？J在訝異。就是這傢伙寄那些怪信給我？然後現在也在讀取我的意識？太扯了。不過就是個毫無威嚴、看起來遲鈍的JAP嘛。

「沒錯。」我用英語對J說。

「咦!?」

「哦，就你想的那樣啊。我不知道我是不是神，不過我就是寄那些怪信給你的看起來遲鈍的日本人。」

是真的！這傢伙真的能讀我的心！真是見鬼了，可惡！淨是一堆莫名其妙的事。另一方面，看似意興闌珊的早乙女瞥了我一眼，我抓緊這個機會，開口：「相信……」我想對早乙女說話，但我透過在場多人的意識看著圍繞方桌的每個人，因此要把自己的意思訴諸話語，頗為困難。換句話說，除了我自己的意識以外，我還用J和S的意識在觀看，然後S又看著E和早乙女的意識。腦袋陷入混亂，但我發現看著獨自置身事外的M最能定下心來。「相信M先生之前在機場對你說過了，這位E先生稱為神的，就是我。」山上甲哉這話瞬間勾起早乙女的興趣，但並未持久，不過我也猜到可能會這樣了，早乙女原本就對素津那岐美以外的神不感興趣。他又開始思考神籤程式。好想快點移動。「欸，」這時E插進來對早乙女說，態度有點過度隨便，可能是因為昨天的宿醉未醒，又直接就口灌起整瓶啤酒的關係。「你有點想太多了啦。就算那樣悶悶不樂，也無濟於事啊。」這麼說的本大爺，就會突然踹破那道玻璃窗，直接跳下札幌的街道。「看向更陽光一點的地方吧。你雖然那樣鬱鬱寡歡，但還是可以自由四處移動，這是因為你生在富裕的國家。你得好好思考這件事的意義啊。」不好意思又說起我自己——E在長篇訓話之前，叫來店員，點了一堆酒之後繼續說。——現在我雖然小有成就，也多少算得上財富自由，但以前真的過得很苦。對了，我忘了說，其實我跟你是同屆。我是領跟J一樣的獎學金上那所大學的。啊，這樣嗎？可是對不起，對我來說，各位洋鬼子都長一樣，我分不出誰是誰。留學期間，常有人對我說東方人都長一樣，所以雖然我可以認識到眼前有兩位洋鬼子，但完全分不出差別，對我來說就像同一個人。同一個人？拜託，差這麼多好嗎？很高興聽到你這麼說。會嗎？我倒覺得看起來很像。人類大抵上都是大同小異的。不要說什麼洋鬼子、什麼 JAP，我覺得大家都是殊途同歸的。是說，根本不用點這麼多酒吧？我還能喝。人類還會不斷增加下去的，毫無目的，漫無章法地膨脹下去！不，生物的目的本來就是增殖，所以必須盡量在這個地球上繁衍更多，提高長久生存的機率。**不對，不要連你們都在那裡裝清流！**我不允許那種天真的想法。**我們已經跟神沒有兩樣了**。我們也不能因為一點小事就丟掉性命了。所以禮讚大地、神明那些，交給凡夫俗子就行了。最起碼我們要有正視危機的氣概啊！這也就是說，世界幾乎已經完成了嗎？只要遵循那輪廓，就是一座天堂樂園呢。我倒從來不覺得自己身在樂園欸。對，因為你跟我都是同類。不不不，這真的是想太多了啦。你說我想太多？就是啊，就不能更輕鬆一點看待嗎？可是人類這種生物就是會思考啊。如果不思考，人跟動物還有什麼兩樣？就算是這樣，也不必這樣折磨自己吧？我才不爲那些，我要挑戰極限。應該沒辦法吧，思考就像是一種義務吧？所以我說，就不能放輕鬆一點嗎？別滿腦子只想著死。我才沒在想什麼自殺，我只是在思考CP值。你的話真的非常無聊。

「對了，你在哭什麼？」

因為，我真是愛死你們了。

在場每個人都喝得爛醉，就算不是早乙女，也分不出誰是誰了。可是，我真是愛死你們了。有人正這麼想。

山上甲哉

隔天早上醒來一看，我躺在飯店套房的沙發上。E、J和M擠在加大雙人床上。只有M脫了鞋子，但身上還穿著大衣。沒看到早乙女，一定是抽了神籤程式，去了別的地方吧。我用連續兩天狂喝而無法正常運作的腦袋回想起昨晚在SUSUKINO LAFILER的醜態。七點一過，客人一下子多了起來，也有許多人用奇異的眼神看我們喝酒的這一桌。確實，我們這桌從成員組成就很古怪。結果我們一路喝到打烊時間，被美奈以外的店員像趕野狗一樣逐出店內。心花怒放的E讓包括早乙女在內的每個人乘上計程車，送到這一帶最高級的飯店。我說明天要出差，想要婉拒，但E不肯。記憶從一半便開始模糊，但我無法違抗情勢。進入這個房間後，E又用客房服務叫了義大利麵和紅酒，想要繼續狂歡，但不到一個小時，其他人都睡著了。

我想像早乙女早上的模樣。他應該在另一張沙發上比我先醒來，拿出筆電，一樣在神籤程式裡這樣輸入吧：「我應該去哪裡？」

神籤程式對這個輸入的參數進行各種處理，得出兩個數字——遼闊世界某處的緯度和經度——應該是這樣，然而剛從臥室裡走出來的E卻一口咬定：「我知道早乙女要去哪裡。」E說，他趁昨晚從睡著的早乙女的旅行袋裡取出筆電，竄改了程式。然後他把下一次的結果設定成我今天出差的地點。

「因為你熱愛工作嘛。這樣一來，今天也可以大夥一道去了吧？」

不惜運用或許是世界第一傑出的頭腦做出這種行為的E的熱情令人無法理解，但他好像還想跟大家在一起。「早乙女去哪裡、找到什麼？我們得見證才行。」

在E催促下，我們立刻收拾行李退房。現在這時間，即使搭最快的班機離開新千歲機場，能不能趕上我跟客戶的約會也很難說。飛機在岩手的花卷機場降落後，我接受E的財力資助，搭計程車花了幾小時趕往宮古市。然後，現在我在分乘兩輛的計程車前面一輛，和E一起搭車，E呼呼大睡。計程車的計費表已經跳到三萬五千圓了，但是再二十分鐘左右，就能抵達第一個客戶那裡。多虧E的協助，約會似乎不會遲到了。今天我預定拜訪當地的水產加工業者，目標是採購蝦夷鮑魚的加工產品。

計程車來到水產加工公司的大門前，早乙女真的站在那裡。看見他站在雨雪齊下的路上，不管是這股寒意，或是我們追上來的事，都漠不關心的樣子，我反而可憐起他來了。從後續計程車下來的M，指著早乙女說「啊，在那裡，在那裡。」開心地走過來。

「真是，你到底打算去哪裡？」M問，早乙女也不回應。對這個問題，早乙女沒有答案。

M正想繼續說什麼的時候，事情發生了。

首先是聲音。地面轟隆隆地震響。這聲音我聽過，是地震。身體反射性地僵住，驚人的晃動席捲而來，站都站不住，甚至無法當場坐下來。蹲身想要扶住地面，地面卻劇烈搖晃。我聽見J連呼「fuck!」的罵聲。E以蹲踞起跑的姿勢抬頭，注視著虛空。我和E對望了。地震！我呼喊。我們陷在聲響和天搖地動之中，就像被釘在了原地，沒有人能夠動彈。我的腦中被分不清是昏黑還是稀釋的白色空白所填滿，其中突然出現一把巨矛。巨矛刺穿天與海的境界，以無限的馬力旋轉起來。轉啊轉地，就像要把時間倒轉。上一場大地震的記憶重回腦海，過去我所經歷天崩地裂的記憶一層又一層重疊上來。明明是這種節骨眼，卻興起奇妙的感慨：我真是活得夠久了。大幅度的橫搖持續著，上一秒似乎稍微減弱了些，下一秒又劇烈搖晃起來，身體漸漸習慣了，甚至有餘裕去想：搖法跟十六年前的地震不一樣——阪神．淡路大地震。當時是突然一道由下往上衝的衝擊，接著左右喀噠搖晃起來。我對一臉不安的J解說了類似搖法的地震經歷。這段期間，讓人站不住的搖晃仍在持續，但慢慢減弱，這次沒有捲土重來，終於停止了。

眼前的客戶公司建築物似乎毫髮無傷，我不合時宜地心想，不去赴約應該也沒關係了。我看見住宅區冒出煙霧，有許多看起來屋齡很老的房屋，有些地方應該半倒甚至全毀了吧。接下來該採取什麼行動？我正這麼想時，加工公司穿工作服的人走出來了。我猶豫了一下，如果預定來訪的我不知去向，對方或許會擔心，因此我告訴對方我的姓名和公司名。那名白髮員工鎮定地說海嘯要來了，「海岸有十公尺高的堤防，應該是不會有事，不過還是去避個難比較好。河邊也很危險。住這一帶的人都會去高臺，你們跟上去就行了，到處都有避難場所的標誌。」看來這個城鎮總是活在海嘯的陰影中。

附近的人還沒有開始避難。我們先朝海的反方向走，經過被壓扁的民宅前面，瓦礫堆冒出煙霧，現在還只是一束細煙，但置之不理，或許會變成火柱衝上天際。更重要的是，會不會有人被壓在這片殘骸底下？雖然我對這片土地陌生，但我只要顧著避難就夠了嗎？還好嗎？需要救援嗎？M對著瓦礫堆叫喊，並豎耳傾聽。沒有任何反應。

這時，前方走來三名年輕人，他們正要往海邊去。我們叫住他們，他們說要去看海嘯，說此地被全世界最高最長的防波堤守護，「颱風天我們也會去看海浪，今天連風都沒有，沒什麼好擔心的。剛才搖得那麼大，一定可以看到超狂的大浪。」年輕人興奮的樣子讓我錯愕，這時我察覺E在想：有什麼必要逃難？是S在窺看E的意識。E這麼想：地震加上海嘯，這一定是**大再現**。運氣超強的我會被引導到此地，是否就是為了在此地豎起紀念的旗幟？世界已然完成，為了慶祝此事獲得證明。不是別人，就是我，必須站在防波堤上，注視著我們現在身處之地，必須見證海嘯撞擊高牆碎裂，脆弱退敗的模樣。這豈不是個絕佳的機會？這裡是先進國家，海嘯在人類的掌控之中，可以完全阻擋。

就這樣，E將他的想法告訴站在民宅瓦礫前的我們。我回想起昨晚的酒宴，那個時候，我覺得我們彷彿在談論某些非常重要的事、彷彿意氣相投，覺得奉陪E荒唐的想法也無所謂。但那只是喝醉了，是人來瘋，現在每個人都是清醒的。早乙女正嚴肅地評估E的話：我會來到此地，同樣是被神籤程式的偶然所引導，換句話說，這裡是否有什麼我應該要見證的事物？而生平第一次遭遇大地震的J則是害怕著下一波威脅：海嘯要來了，你們在這裡拖拖拉拉些什麼？

「隨便你們，我要去看海嘯。」

E露出豁出去的笑容，向我們舉手道別，轉身就走。M一臉為難地輪番看了看我們三人，隨著E離開了。三人好半晌站在原地動彈不得，接著早乙女跟了上去。我注視著早乙女的背影，腦中又浮現巨矛。反向旋轉的天沼矛，國生神話的重來，**大再現**。想著想著，我總算醒悟了，不對，這根本不是**大再現**，不是E所想的那種東西。

此時，附近的居民都已經小跑步前往高臺的避難所了。我叫J跟著居民走，確定不知所措的他跨出腳步後，往E他們那裡去，但已經走過轉角的他們早已不見蹤影。我無法將E以及對E忠誠的M帶回來，在我趕到之前，兩人就會抵達海岸的防波堤了。E會站在上面，如同他所希望的，看著我們身處的現在地點吧。

帶著壓倒性體積的大水洶湧而至。那些水所製造的聲音、幾乎無法被知覺為聲音的巨大壓力震動著空氣。隨著大氣，肌膚也跟著顫動，我想起身體幾乎是由水組成的事實。身體幾乎是由水組成的，剩餘的幾乎都是鈣與鹽，我想起身體比什麼都更接近海水的事實，而那個海來了。翻越、或是以壓力粉碎世界數一數二的高牆，各處滾滾冒著白泡的大海，挾帶著驚天巨響、彷彿將時間倒轉般、將肖似己身的生物們包裹住一般，卻暴力十足地，宛如原初本身的大海，將一切破壞殆盡、將一切收回原處、撤除一切境界似的，宛如時間本身一般的大海，到來了。

S

S只有一個人。他陪伴著被浪濤吞沒的E的意識直到最後一刻，陪伴著勉強逃生的早乙女的意識。跑得慢的，全被巨量的海水壓垮氣絕了。已無法感知到他們的意識，S專注於早乙女的意識。在前往防波堤途中折返的早乙女，正在全速奔跑，口中高喊著：還沒有！不對，還沒有，還沒有！然而他的聲音未能傳達給短暫期間的友人們。早乙女甚至忘了自己的極限，瘋狂地奔跑。幾輛車超過奔跑的早乙女，其中一輛休旅車停下來，把早乙女拖進車子裡，隨即又往前開去。在車中，早乙女承受著幾乎要破裂的心臟跳動和劇烈呼吸。S嘗到心臟彷彿被細絲捆綁般的痛苦和大腦的麻痺感片刻後，離開了早乙女的意識。S感受著眾多人群的意識，就宛如遙遠的海潮聲般，他只是身在那裡。

而我呢？

我當然是人。認為與人有關的一切，都與我息息相關。雖然我已不再是山上甲哉了，但很快又會再次得到名字吧。在那之前，我決定暫時效法S。

短暫的片刻之間，我要好好休息。

藍小說 322

我的戀人

私の恋人、異鄉の友人

作　者—上田岳弘
譯　者—王華懋
副總編輯—羅珊珊
責任編輯—蔡佩錦
校　對—蔡榮吉、蔡佩錦
內頁排版—新鑫電腦排版工作室
封面設計—陳恩安
行銷企劃—趙鴻祐

總編輯—龔橞甄
董事長—趙政岷
出版者—時報文化出版企業股份有限公司
108019台北市萬華區和平西路三段二四〇號四樓
發行專線—（〇二）二三〇六—六八四二
讀者服務專線—〇八〇〇—二三一—七〇五
（〇二）二三〇四—七一〇三
讀者服務傳真—（〇二）二三〇四—六八五八
郵撥—一九三四四七二四時報文化出版公司
信箱—10899臺北華江橋郵局第九九信箱

時報悅讀網—http://www.readingtimes.com.tw
思潮線臉書—https://www.facebook.com/trendage
法律顧問—理律法律事務所　陳長文律師、李念祖律師
印　刷—勁達印刷有限公司
初版一刷—二〇二二年五月十三日
定　價—新臺幣四五〇元
（缺頁或破損的書，請寄回更換）

時報文化出版公司成立於一九七五年，
並於一九九九年股票上櫃公開發行，於二〇〇八年脫離中時集團非屬旺中，
以「尊重智慧與創意的文化事業」為信念。

我的戀人 / 上田岳弘 著；王華懋 譯. -- 初版. -- 臺北市：
時報文化出版企業股份有限公司, 2022.05
344 面；14.8x21 公分. --（藍小說；322）
譯自：私の恋人、異鄉の友人
ISBN 978-626-335-284-1（平裝）

861.57　　　111004886

ISBN 978-626-335-284-1
Printed in Taiwan